H.G. Wells

O homem invisível

PE da letra

www.editorapedaletra.com.br
(11) 3733-0404 / 3687-7198

Projeto gráfico: **Quatria Comunicação**

Equipe editorial
Gustavo Mendes — Capa
Felipe Fiuza — Diagramação
Karina Regina dos Santos Pereira — Tradução
Marcelo Spindola Bacha — Revisão

Tradução integral da obra *O Homem Invisível*,
de H.G. Wells.
Título original: *The Invisible Man*

Dados Internacionais de Catalogação na Publicação (CIP)
Angélica Ilacqua CRB-8/7057

Wells, H. G. (Herbert George), 1866-1946
O homem invisível / H. G. Wells ; tradução de Karina Regina dos Santos Pereira. -- Brasil : Pé da Letra, 2020.
176 p.

ISBN 978-65-5888-069-1
Título original: The Invisible Man

1. Ficção inglesa I. Título II. Pereira, Karina Regina dos Santos

20-4462 CDD 823

Índices para catálogo sistemático:

1. Ficção inglesa

H.G. Wells

O homem invisível

Capítulo 1
A Chegada do Homem Estranho

O estranho chegou cedo, em fevereiro, em um dia de inverno, em meio a um vento cortante e uma tempestade de neve, a última nevasca do ano, pela colina, vindo da estação de trem de Bramblehurst e carregando uma pequena valise em sua mão, coberta por uma luva grossa. Ele estava coberto da cabeça aos pés e a aba de seu chapéu de feltro macio ocultava cada centímetro de seu rosto, exceto a ponta brilhante de seu nariz. A neve tinha se acumulado em seus ombros e em seu peito e acrescentava um escudo branco ao fardo que ele carregava. Ele cambaleou até o Coach and Horses mais morto do que vivo e atirou sua valise no chão.

"Fogo!", ele exclamou, "em nome da caridade humana! Um quarto e fogo!"

Ele bateu os pés e sacudiu a neve para longe no balcão e seguiu a Sra. Hall até o salão de hóspedes para negociar. E apenas com aquela apresentação e algumas moedas arremessadas na mesa, ele assumiu seus aposentos na estalagem.

A Sra. Hall acendeu o fogo e o deixou ali, e saiu para lhe preparar uma refeição com as próprias mãos. Um hóspede ir parar em Iping durante o inverno era um golpe de sorte inacreditável, ainda mais um hóspede que não era nenhum "pechincheiro", e ela estava decidida a mostrar-se digna de sua boa sorte. Assim que o bacon já estava bem encaminhado e Millie, sua lenta assistente, tinha sido um pouco revigorada por algumas expressões de desprezo habilmente escolhidas, ela carregou a toalha, os pratos e os copos para o salão e começou a posicioná-los com a maior elegância. Embora o fogo estivesse queimando vivamente, ela ficou surpresa por ver que seu visitante ainda estava vestindo seu chapéu e seu casaco, em pé, de costas para ela e olhando através da janela para a neve que caía no quintal lá fora. Suas mãos enluvadas estavam cruzadas para trás e ele parecia estar perdido em seus pensamentos. Ela percebeu que a neve derretida que ainda cobria seus ombros estava pingando no tapete.

"Posso levar seu chapéu e seu casaco, senhor?", ela disse, "e levá-los para secar na cozinha?"

"Não", ele disse sem se virar.

Ela não tinha certeza de que o tinha escutado e estava prestes a repetir sua pergunta.

Ele virou a cabeça e olhou para ela por cima do ombro.

"Eu prefiro ficar com eles", disse com ênfase, e ela notou que ele usava grandes óculos azuis com uma armação grossa e tinha costeletas cheias sobre a gola do casaco que escondiam completamente suas bochechas e seu rosto.

"Muito bem, senhor", ela disse. "Como quiser. Logo, logo o salão vai estar mais quente."

Ele não deu nenhuma resposta e tinha virado o rosto para longe dela novamente. A Sra. Hall, sentindo que suas tentativas de puxar conversa eram inoportunas, posicionou o restante das coisas na mesa em um movimento rápido e saiu do salão. Quando retornou, ele ainda estava em pé ali, como se fosse feito de pedra, suas costas curvadas, sua gola virada para cima, a aba gotejante de seu chapéu virada para baixo, escondendo seu rosto e suas orelhas completamente. Ela serviu os ovos e o bacon com uma ênfase considerável e anunciou em vez de simplesmente dizer a ele:

"Seu almoço está servido, senhor".

"Obrigado", ele disse ao mesmo tempo, e não se mexeu até que ela fechasse a porta. Então, virou-se e aproximou-se da mesa com uma rapidez impaciente.

Enquanto ela estava passando por trás do bar, em direção à cozinha, ouviu um som que se repetia a intervalos regulares. Era um "chique, chique, chique", o som de uma colher sendo rapidamente raspada ao redor de uma tigela.

"Aquela menina!", ela disse. "Pronto! Eu esqueci completamente. Ela demora tanto!"

Enquanto ela própria terminava de misturar a mostarda, deu a Millie alguns golpes verbais por lerdeza excessiva. Ela tinha cozinhado o presunto e os ovos, preparado a mesa e feito tudo, enquanto Millie (grande ajuda!) tinha apenas conseguido atrasar a mostarda. E aquele era um hóspede novo, querendo ficar! Então, ela encheu o pote de mostarda e, colocando-o com certa brusquidão em uma bandeja de chá preta e dourada, carregou-o até o salão.

Ela bateu e entrou prontamente. Nesse momento, seu visitante moveu-se rapidamente, de tal forma que ela teve apenas um vislumbre de um objeto branco desaparecendo atrás da mesa. Parecia que estava pegando algo do chão. Ela bateu o pote de mostarda na mesa e, então, percebeu que o sobretudo e o chapéu tinham sido retirados e colocados em uma cadeira em frente ao fogo, e um par de botas molhadas ameaçava enferrujar seu guarda-fogo de aço. Ela foi até aqueles itens resolutamente.

"Imagino que possa levá-los para secar agora", ela disse, com uma voz que não tolerava recusas.

"Deixe o chapéu", disse seu visitante, em uma voz abafada, e ao virar-se, ela viu que ele tinha erguido a cabeça e estava sentado, olhando para ela.

Por um momento, ela permaneceu boquiaberta diante dele, surpresa demais para falar.

Ele estava segurando um pano branco — era um guardanapo que ele tinha trazido consigo — sobre a parte inferior do rosto, de tal forma que sua boca e seu maxilar estavam completamente escondidos, e aquela era a razão de sua voz abafada. Mas não era aquilo que tinha assustado a Sra. Hall. Era o fato de toda a sua testa, acima dos óculos azuis, estar coberta por uma bandagem branca, e ainda uma outra cobria suas orelhas, sem deixar nenhum pedaço de seu rosto exposto, exceto o nariz pontudo e rosado. Era tão brilhante, rosado e lustroso quanto tinha sido à primeira vista. Ele vestia uma jaqueta de veludo marrom-escura com uma gola forrada de linho virada para cima em volta do pescoço. O cabelo preto grosso escapava como podia por baixo e pelo meio das bandagens cruzadas, projetava-se em curiosas pontas e chifres, dando a ele a aparência mais estranha que se poderia imaginar. Aquela cabeça embrulhada e enfaixada era tão diferente do que ela tinha esperado que por um momento ficou imóvel.

Ele não removeu o guardanapo, mas permaneceu segurando-o, conforme ela via naquele instante, com uma mão enluvada de marrom, e encarando-a com seus óculos azuis inescrutáveis.

"Deixe o chapéu", ele disse, falando muito distintamente através do pano branco.

Os nervos dela começaram a se recuperar do choque que tinham recebido. Ela colocou o chapéu na cadeira novamente, perto do fogo.

"Eu não sabia, senhor", ela começou, "que...", e ela parou, envergonhada.

"Obrigado", ele disse secamente, olhando para ela, depois para a porta e, então, para ela novamente.

"Vou secá-los muito bem, senhor, imediatamente", ela disse, e carregou suas roupas para fora do salão. Ela olhou para sua cabeça branca enfaixada e óculos azuis novamente enquanto saía pela porta, mas o guardanapo ainda estava na frente do rosto. Ela estremeceu um pouco enquanto fechava a porta atrás de si e em seu rosto transparecia sua surpresa e perplexidade.

"Eu nunca...", ela sussurrou. "Pronto!"

Ela foi bastante suavemente até a cozinha e estava preocupada demais para perguntar a Millie o que ela estava aprontando quando entrou ali.

O visitante sentou-se e ouviu os pés dela recuando. Ele observou a janela interrogativamente antes de remover o guardanapo e continuou sua refeição. Ele comeu um bocado, olhou desconfiadamente para a janela, comeu mais um bocado, depois se levantou e, levando o guardanapo na mão, atravessou o salão e puxou a persiana para baixo até o topo da musselina branca que ocultava a vidraça mais baixa. Aquilo deixou o cômodo em uma penumbra. Feito aquilo, ele retornou com um ar mais calmo à mesa e à sua refeição.

"Aquela pobre alma sofreu um acidente, ou uma cirurgia, ou alguma coisa", disse a Sra. Hall. "Que susto aquelas bandagens me deram, pode ter certeza!"

Ela colocou mais carvão, desdobrou o varal e estendeu o casaco do viajante nele.

"E os óculos? Ora, ele parecia mais um capacete de mergulho que um homem!"

Ela pendurou o cachecol dele em um canto do varal.

"E segurava aquele lenço sobre a boca o tempo inteiro. Falava através dele!... Talvez a boca dele estivesse machucada também... talvez."

Ela virou-se, como alguém que se lembra de repente.

"Misericórdia!", ela disse, saindo pela tangente. "Você ainda não terminou as batatas, Millie?"

Quando a Sra. Hall estava saindo para limpar o almoço do estranho, sua ideia de que a boca dele também deveria estar cortada ou desfigurada pelo acidente que ela imaginava que ele tivesse sofrido foi confirmada, pois ele estava fumando um cachimbo e, durante todo o tempo em que ela esteve no cômodo, em nenhum momento ele soltou o cachecol de seda que tinha enrolado ao redor da parte inferior do rosto para colocar o bocal nos lábios. Ainda assim, não se tratava de esquecimento, pois ela viu que ele o observava enquanto queimava lentamente. Ele estava sentado no canto, de costas para a persiana e falava, depois de ter comido, bebido e estar confortavelmente aquecido, com uma brevidade menos agressiva do que antes. O reflexo do fogo concedia aos seus grandes óculos certa animação vermelha que eles não tinham antes.

"Eu tenho uma bagagem", ele disse, "na estação de Bramblehurst", e perguntou a ela como poderia mandar alguém buscá-la. Ele curvou a cabeça enfaixada bastante educadamente em reconhecimento à explicação dela. "Amanhã?", ele disse. "Não há nenhuma entrega mais rápida?"

Ele pareceu bastante desapontado quando ela respondeu: "Não."

Ela tinha certeza? Nenhum homem com uma carroça iria até lá? A Sra. Hall, nada relutante, respondeu às perguntas e desenvolveu uma conversa.

"É uma estrada íngreme pela colina, senhor", ela respondeu à pergunta sobre a carroça e, então, aproveitando a abertura, disse: "Foi lá que uma carruagem se acidentou, há mais de um ano. Um cavalheiro morreu, além do cocheiro. Acidentes, senhor, acontecem num instante, não é mesmo?"

Mas o visitante não seria vencido tão facilmente.

"Acontecem", ele disse através do cachecol, observando-a calmamente através de seus óculos impenetráveis.

"Mas as pessoas levam muito tempo para se recuperar, não é?... O filho da minha irmã, Tom, cortou o braço com uma foice, caiu em cima daquilo no capinzal e, misericórdia! Ele ficou enfaixado por três meses, senhor. Mal podia acreditar. Desde então, fiquei com horror a foices, senhor."

"Posso entender bem isso", disse o visitante.

"Ele ficou com medo, uma vez, de precisar fazer uma cirurgia, ele estava mal assim, senhor."

O visitante riu abruptamente, um uivado de risada que parecia morder e matar em sua boca.

"Estava mesmo?", ele disse.

"Estava, senhor. E não foi nada engraçado para eles o que aconteceu. Assim como eu, minha irmã sempre foi muito apegada a seus pequenos. Havia curativos para fazer, senhor, e curativos para desfazer. Então, se eu puder ter a ousadia de dizer, senhor..."

"Pode me arranjar alguns fósforos?", disse o visitante, bastante abruptamente. "Meu cachimbo apagou."

A Sra. Hall parou de repente. Era certamente rude da parte dele, depois de ela ter-lhe dito tudo aquilo. Ela bufou para ele por um momento e se lembrou do dinheiro. Foi buscar os fósforos.

"Obrigado", disse concisamente quando ela os trouxe. Ele virou seu ombro para longe dela e encarou a janela novamente.

Era completamente desencorajador. Evidentemente, ele era sensível quanto ao assunto de cirurgias e curativos. Ela não "teve a ousadia de dizer", entretanto, no fim das contas. Mas seus modos esnobes a tinham irritado, e Millie teve uma tarde difícil por causa daquilo.

O visitante permaneceu no salão até as quatro em ponto, sem dar nenhuma desculpa para uma intrusão. Na maior parte do tempo, ficou parado: parecia estar sentado na escuridão crescente, fumando perto do fogo da lareira, talvez cochilando.

Uma ou duas vezes, um ouvinte curioso poderia tê-lo ouvido mexer nos carvões, e, durante cinco minutos, era possível escutá-lo caminhando pelo salão. Parecia estar falando consigo mesmo. Depois, a poltrona rangeu quando ele se sentou novamente.

Capítulo 2
As Primeiras Impressões do Sr. Teddy Henfrey

Às quatro, quando estava bastante escuro e a Sra. Hall estava tomando coragem para ir perguntar a seu visitante se ele tomaria um pouco de chá, Teddy Henfrey, o relojoeiro, veio até o balcão.

"Minha nossa! Sra. Hall", disse ele, "que tempo terrível para botas finas!".

A neve lá fora estava caindo mais rápido.

A Sra. Hall concordou e, então, percebeu que ele estava com sua mala.

"Agora que está aqui, Sr. Teddy", disse ela, "eu ficaria feliz se desse uma olhada no velho relógio do salão. Está funcionando, batendo bem e com vontade, mas o ponteiro das horas não faz nada além de apontar para o seis."

E guiando o caminho, ela atravessou a porta do salão, bateu e entrou.

Seu visitante, ela viu enquanto abria a porta, estava sentado na poltrona diante do fogo, parecendo cochilar, com sua cabeça enfaixada pendendo para um lado. A única luz no cômodo eram o brilho vermelho do fogo — que acendia seus olhos como sinaleiros ferroviários, mas deixava seu rosto cabisbaixo na escuridão — e os vestígios escassos do dia que vinham através da porta aberta. Tudo estava avermelhado, sombrio e indistinto para ela, mais ainda por ela ter acabado de acender a lamparina do bar e seus olhos estarem ofuscados. Por um segundo, pareceu-lhe que o homem para o qual ela olhava tinha uma enorme boca bem aberta — uma boca ampla e incrível que engolia toda a porção inferior de seu rosto. Foi a sensação de um instante: a cabeça enfaixada de branco, os óculos monstruosos e aquele imenso bocejo abaixo de tudo. Então, ele se mexeu, levantou-se da cadeira e levantou a mão. Ela abriu bem a porta, para que o salão ficasse mais iluminado, e o viu mais claramente, com o cachecol diante do rosto como ela o tinha visto segurar o guardanapo antes. As sombras, ela imaginou, tinham-na enganado.

"O senhor se importaria se este homem desse uma olhada no relógio?", ela perguntou, recuperando-se do choque momentâneo.

"Olhar o relógio?", ele disse, olhando ao redor de um jeito sonolento e falando por cima da mão e, então, ficando mais plenamente acordado. "Certamente."

A Sra. Hall saiu para buscar uma lamparina e ele ergueu-se e alongou-se. Logo chegou a lamparina, e o Sr. Teddy Henfrey, ao entrar, foi confrontado por aquela pessoa enfaixada. Ele foi, como ele mesmo disse, "pego de surpresa".

"Boa tarde", disse o estranho para cumprimentá-lo — como disse o Sr. Henfrey, com uma sensação vívida causada pelos óculos escuros, "como uma lagosta".

"Espero que não esteja incomodando", disse o Sr. Henfrey.

"De modo algum", disse o estranho. "Embora eu tivesse entendido", ele disse, virando-se para a Sra. Hall, "que este espaço seria, na verdade, para o meu uso pessoal."

"Eu pensei, senhor", disse a Sra. Hall, "que preferisse o relógio..."

"Certamente", disse o estranho. "Como regra, eu gosto de ficar sozinho e sem perturbações, mas eu fico muito feliz por darem uma olhada no relógio", ele disse, vendo certa hesitação no comportamento do Sr. Henfrey. "Muito feliz."

O Sr. Henfrey pretendia desculpar-se e retirar-se, mas aquela antecipação o tranquilizou. O estranho virou-se de costas para a lareira e colocou as mãos para trás.

"E em breve", ele disse, "quando o conserto do relógio estiver terminado, eu gostaria de tomar um chá. Mas não antes de o conserto do relógio terminar".

A Sra. Hall estava prestes a sair do salão — ela não fez nenhuma tentativa de puxar conversa daquela vez, porque não queria ser esnobada na frente do Sr. Henfrey — quando seu visitante lhe perguntou se tinha arranjado alguma solução para sua bagagem em Bramblehurst. Ela contou-lhe que tinha mencionado o assunto ao carteiro e que o correio poderia trazê-la no dia seguinte.

"Tem certeza de que é o mais rápido possível?", ele perguntou. Ela tinha certeza, com uma frieza marcante. "Devo explicar algo", ele acrescentou, "já que estava realmente com frio e fatigado demais para explicar antes, eu sou um investigador experimental."

"Certamente, senhor", disse a Sra. Hall, muito impressionada.

"E a minha bagagem contém meus aparelhos e equipamentos."

"São coisas muito úteis, certamente, senhor", disse a Sra. Hall.

"E estou naturalmente ansioso para continuar com as minhas pesquisas."

"Claro, senhor."

"Minha razão para vir até Iping", ele prosseguiu, com certa deliberação de maneiras, "foi... um desejo por solidão. Eu não quero ser perturbado em meu trabalho. Além do meu trabalho, um acidente..."

"Foi o que imaginei", disse a Sra. Hall para si mesma.

"Tornou necessário certo afastamento. Meus olhos ficam às vezes tão fracos e doloridos que preciso me fechar no escuro por horas seguidas, me trancar às vezes, de tempos em tempos. Não neste momento, é claro. Em tais momentos, a menor perturbação, a entrada de um estranho no quarto, é uma fonte de irritação excruciante para mim. É bom que essas coisas sejam entendidas."

"Certamente, senhor", disse a Sra. Hall. "E se eu puder ter a ousadia de perguntar..."

"Isso é tudo, eu creio", disse o estranho, com aquele ar calmamente irresistível de caráter definitivo que podia assumir à vontade. A Sra. Hall guardou sua pergunta e simpatia para uma ocasião melhor.

Depois que a Sra. Hall deixou o quarto, ele permaneceu em pé diante do fogo, encarando, como disse o Sr. Henfrey, o conserto do relógio. O Sr. Henfrey não só retirou os ponteiros e o mostrador do relógio, como também extraiu a máquina, e tentou trabalhar da maneira mais devagar, silenciosa e despretensiosa possível. Trabalhou com a lamparina próximo dele, e a cortina verde atirava uma luz brilhante em suas mãos e nas armações e engrenagens, deixando o resto do salão sombrio. Quando ele olhou para cima, manchas coloridas nadavam em seus olhos. Sendo inerentemente curioso por natureza, ele tinha removido a máquina — um procedimento bastante desnecessário — com a ideia de adiar sua partida e talvez entrar em uma conversa com o estranho. Mas o estranho ficou ali, perfeitamente silencioso e imóvel. Tão imóvel que irritou Henfrey. Ele sentiu-se sozinho no salão e olhou para cima, e ali, cinzenta e escura, estava a cabeça enfaixada com as enormes lentes azuis encarando fixamente, com uma névoa de pontos verdes pairando diante delas. Era tão assombroso para Henfrey que por um minuto eles permaneceram encarando fixamente um ao outro. Então, Henfrey olhou para baixo novamente. Uma posição muito desconfortável! Ele gostaria de dizer alguma coisa. Deveria comentar que o tempo estava muito frio para aquela época do ano?

Ele olhou para cima, como se fosse tentar a sorte de puxar conversa.

"O clima...", ele começou.

"Por que não termina e vai embora?", disse a figura rígida, evidentemente em um estado de raiva dolorosamente reprimida. "Tudo que precisa fazer é consertar o ponteiro das horas no eixo. Está simplesmente enrolando..."

"Certamente, senhor, só mais um minuto. Eu me descuidei", e o Sr. Henfrey terminou e saiu.

Ele, entretanto, continuou sentindo-se excessivamente irritado.

"Maldito seja!", disse o Sr. Henfrey para si mesmo, arrastando-se pela vila através da neve que derretia. "Um homem precisa consertar um relógio às vezes, certamente." E novamente: "Um homem não pode olhar para o senhor? Feioso!". E mais uma vez: "Aparentemente, não. Se a polícia estivesse atrás do senhor, o senhor não poderia estar mais embrulhado e enfaixado".

Em Gleeson's Corner, ele viu Hall, que tinha recentemente se casado com a anfitriã do estranho no Coach and Horses e que conduzia o transporte de Iping, quando pessoas ocasionalmente o solicitavam, até Sidderbridge Junction. Vinha na direção dele, retornando daquele lugar. Hall tinha evidentemente "parado uns minutinhos" em Sidderbridge, ao julgar pela sua condução.

"Como vai, Teddy?", ele disse, passando.

"Tem um esquisito lá na sua casa!", disse Teddy.

Hall, amigavelmente, parou.

"Como é que é?", ele perguntou.

"Um cliente de aparência esquisita parou no Coach and Horses", disse Teddy. "Minha nossa!"

E ele começou a dar a Hall uma vívida descrição de seu hóspede grotesco.

"Parece ser um disfarce, não parece? Eu gostaria de ver o rosto do homem que fosse parar na minha casa", disse Henfrey. "Mas as mulheres nunca desconfiam de estranhos. Ele tomou conta de seu salão e nem mesmo deu um nome, Hall."

"Não me diga!", disse Hall, que era um homem de compreensão lenta.

"Sim", disse Teddy. "Por uma semana. O que quer que ele seja, não pode se livrar dele nesta semana. E ele tem um monte de bagagem chegando amanhã, é o que diz. Vamos torcer para não serem pedras em caixas, Hall."

Ele contou a Hall como sua tia em Hastings tinha sido ludibriada por um estranho com uma valise vazia. Desse modo, ele deixou Hall vagamente desconfiado.

"Vamos lá, menina", disse Hall. "Imagino que devo ver do que se trata."

Teddy arrastou-se em seu caminho com a mente consideravelmente aliviada.

Em vez de "ver do que se trata", entretanto, Hall, ao retornar, foi severamente interrogado pela esposa sobre o período de tempo que tinha passado em Sidderbridge, e seus amenos questionamentos foram respondidos de um jeito rabugento e que não ia direto ao ponto. Mas a semente da suspeita que Teddy tinha plantado germinou na mente do Sr. Hall apesar daquele desânimo.

"Vocês, mulheres, não sabem tudo", disse o Sr. Hall, decidido a descobrir mais sobre a personalidade de seu hóspede na primeira oportunidade possível.

Depois que o estranho foi para a cama, por volta das nove e meia, o Sr. Hall foi muito agressivamente até o salão e olhou muito firmemente para a mobília de sua esposa, apenas para mostrar que o estranho não reinava ali, e examinou atentamente e um pouco desdenhosamente uma folha de cálculos matemáticos que o estranho tinha deixado. Ao retirar-se para dormir, ele instruiu a Sra. Hall a observar atentamente a bagagem do estranho quando ela chegasse no dia seguinte.

"Você tome conta da sua vida, Hall", disse a Sra. Hall, "e eu vou cuidar da minha."

Ela estava ainda mais inclinada a ser rabugenta com Hall porque o estranho era inquestionavelmente um tipo incomum e ela não estava de forma alguma tranquilizada quanto a ele em seus próprios pensamentos. No meio da noite, ela acordou depois de sonhar com grandes cabeças brancas, parecendo nabos, que vinham se arrastando atrás dela, nas extremidades de intermináveis pescoços e com enormes olhos negros. Mas, por ser uma mulher sensata, ela dominou seus medos, virou-se e voltou a dormir.

Capítulo 3
As Mil e Uma Garrafas

Foi no dia vinte e nove de fevereiro, quando a neve começou a derreter, que aquela pessoa singular surgiu do nada na vila de Iping. No dia seguinte, sua bagagem chegou através da lama — e era uma bagagem muito impressionante. Havia alguns baús, certamente, do tipo que um homem racional poderia precisar, mas, além disso, havia uma caixa de livros — grandes, grossos, alguns dos quais escritos com uma letra incompreensível — e uma dúzia de outros caixotes, pacotes e embrulhos, contendo objetos embrulhados em palha, que pareceram a Hall, cutucando a palha com uma curiosidade casual, garrafas de vidro. O estranho, agasalhado com chapéu, casaco, luvas e capa, saiu impacientemente para encontrar a charrete de Fearenside, enquanto Hall dava algumas palavrinhas de fofoca antes de começar a ajudar a trazer a bagagem para dentro. Ele saiu, sem notar o cachorro de Fearenside, que estava cheirando com um espírito entusiasmado as pernas de Hall.

"Entre logo com essas caixas", ele disse. "Já esperei bastante."

E ele desceu os degraus em direção ao bagageiro da charrete para colocar as mãos no caixote menor.

Assim que o cachorro de Fearenside o avistou, entretanto, começou a eriçar-se e a rosnar ferozmente. Quando o homem desceu os degraus correndo, o cão deu um pulo indeciso e depois saltou em direção à mão dele.

"Eita!", exclamou Hall, pulando para trás, pois não era nenhum herói com cachorros, e Fearenside gritou:

"Deite!", e agarrou seu chicote.

Ele viu que os dentes do cachorro tinham soltado a mão, ouviu um chute, viu o cachorro executar um salto lateral, caindo em cima da perna do estranho, e ouviu o som das calças dele se rasgando. Então, a ponta mais fina do chicote de Fearenside alcançou sua propriedade e o cachorro, ganindo em desespero, recuou para baixo das rodas da charrete. Tudo aconteceu em uma questão de segundos. Ninguém falou, todos gritaram. O estranho olhou rapidamente para sua luva rasgada e para sua perna, deu a entender que se abaixaria, virou-se e correu de volta para a pousada. Eles o ouviram passar desenfreadamente e subir as escadas até o quarto.

"Seu bruto!", disse Fearenside, saindo da charrete com o chicote na mão, enquanto o cachorro olhava para ele através da roda. "Venha aqui", disse Fearenside. "Acho bom mesmo."

Hall tinha ficado boquiaberto.

"Ele foi mordido", disse Hall. "É melhor eu ir ver", e arrastou-se atrás do estranho. Ele encontrou a Sra. Hall no caminho. "O cachorro do correio o mordeu", ele disse.

Ele subiu e, vendo a porta do estranho entreaberta, empurrou-a e foi entrando sem nenhuma cerimônia, já que tinha um estado de espírito naturalmente simpático.

A persiana estava abaixada e o quarto, escuro. Ele teve um vislumbre da coisa mais estranha, que parecia ser um braço sem mão acenando na direção dele e um rosto com três enormes manchas indefinidas sobre o branco, muito parecido com uma pálida flor de amor-perfeito. Então, ele foi atingido violentamente no peito e lançado para trás. A porta bateu com força em sua cara e foi trancada. Foi tão rápido que ele não teve tempo de observar. Uma onda de formas indecifráveis, um golpe e uma pancada. Ali ele permaneceu, no pequeno e escuro patamar, imaginando o que poderia ter visto.

Alguns minutos depois, ele juntou-se ao pequeno grupo que tinha se formado fora do Coach and Horses. Lá estava Fearenside contando tudo de novo pela segunda vez. Lá estava a Sra. Hall dizendo que o cachorro dele não tinha nada que morder seus hóspedes. Lá estava Huxter, o comerciante da estrada, interrogativo, Sandy Wadgers, da ferraria, judicial, além de mulheres e crianças, todos dizendo idiotices: "Eu não deixaria ele me morder, eu sei", "Não é certo ter cachorros assim", "Por que ele o mordeu?", e assim por diante.

O Sr. Hall, nos degraus, encarando e ouvindo a todos, achou incrível que ele tivesse visto algo tão impressionante acontecer lá em cima. Além disso, seu vocabulário era limitado demais para expressar suas impressões.

"Ele disse que não quer ajuda", contou em resposta ao questionamento da esposa. "É melhor colocarmos a bagagem dele para dentro."

"É melhor ele cauterizar aquilo de uma vez", disse o Sr. Huxter, "especialmente se estiver inflamado."

"Eu daria um tiro nele, é o que eu faria", disse uma dama no grupo.

De repente, o cachorro começou a rosnar novamente.

"Vamos", exclamou uma voz irritada na soleira da porta. Ali estava o estranho agasalhado com sua gola virada para cima e a aba do chapéu virada para baixo. "Quanto mais rápido trouxerem essas coisas para dentro, mais satisfeito vou ficar."

Os espectadores anônimos declararam que suas calças e luvas tinham sido trocadas.

"Você se machucou, senhor?", disse Fearenside. "Sinto muito mesmo pelo cachorro..."

"De jeito nenhum", disse o estranho. "Não chegou a abrir a pele. Apresse-se com essas coisas."

Depois, ele praguejou consigo mesmo, como afirmou o Sr. Hall.

O primeiro caixote, de acordo com as instruções dele, foi carregado imediatamente para o salão. O estranho atirou-se nele com uma avidez extraordinária e começou a abri-lo, espalhando a palha com total desconsideração pelo tapete da Sra. Hall. E dali ele começou a retirar garrafas — pequenas e gordas garrafas contendo pós, pequenas e esguias garrafas contendo fluidos coloridos e brancos, garrafas caneladas rotuladas como "veneno", garrafas redondas com gargalos esguios, grandes garrafas de vidro verde, grandes garrafas de vidro branco, garrafas com tampas de vidro e rótulos foscos, garrafas com tampas finas, garrafas com rolhas de cortiça, garrafas com tampas de madeira, garrafas de vinho, garrafas de azeite —, colocando-as todas em fileiras na cômoda, na cornija da lareira, na mesa sob a janela, em volta do chão, na estante, em todos os lugares. A farmácia em Bramblehurst não deveria ter nem a metade daquilo. Era uma visão e tanto. Caixote após caixote produzia mais garrafas, até todos os seis ficarem vazios e a mesa, repleta de palha. As únicas coisas que permaneceram nos caixotes, além das garrafas, foram diversos tubos de ensaio e uma balança cuidadosamente embalada.

Imediatamente depois que os caixotes foram abertos, o estranho foi até a janela e começou a trabalhar, sem se preocupar nem um pouco com a sujeira da palha, com o fogo que tinha se apagado, com a caixa de livros lá fora ou com os baús e o resto da bagagem que tinha ido lá para cima.

Quando a Sra. Hall levou o jantar, ele já estava tão absorto em seu trabalho, derramando pequenas gotas das garrafas em tubos de ensaio, que não a ouviu até que ela terminasse de varrer a palha espalhada e colocasse a bandeja na mesa, talvez com alguma pequena ênfase, vendo o estado em que o chão se encontrava. Então, ele virou a cabeça e imediatamente e a virou de volta. Mas ela viu que ele tinha removido seus óculos. Estavam a seu lado na mesa, e aquilo deu a ela a impressão de que seus olhos eram extraordinariamente vazios. Ele colocou os óculos novamente e depois se virou e a encarou. Ela estava quase reclamando da palha no chão quando ele se antecipou:

"Eu gostaria que não entrasse sem bater", ele disse no tom de anormal de irritação que lhe parecia tão característico.

"Eu bati, mas aparentemente..."

"Talvez tenha batido, mas em minhas investigações, minhas investigações muito urgentes e necessárias, a menor perturbação, uma porta aberta, eu devo pedir-lhe..."

"Certamente, senhor. Pode trancar a porta se quiser, sabe. A qualquer momento."

"Uma ideia muito boa", disse o estranho.

"Essa palha, senhor, se eu puder ter a ousadia de comentar..."

"Não é necessário. Se a palha causar problemas, coloque na conta", disse e depois resmungou palavras suspeitosamente parecidas com xingamentos.

Ele era tão estranho, em pé ali, tão agressivo e explosivo, com uma garrafa na mão e um tubo de ensaio na outra, que a Sra. Hall ficou bastante alarmada. Mas ela era uma mulher resoluta.

"Nesse caso, gostaria de saber, senhor, o que considera..."

"Um xelim. Coloque um xelim. Certamente é suficiente?"

"Que seja", disse a Sra. Hall, pegando a toalha de mesa e começando a forrá-la. "Se estiver satisfeito, é claro."

Ele virou-se e sentou-se, com a gola do casaco virada para ela.

Durante a tarde inteira ele trabalhou com a porta trancada e, como Sr. Hall atestou, em silêncio pela maior parte do tempo. Mas, uma vez, houve uma pancada e o som de garrafas batendo umas nas outras, como se a mesa tivesse sido atingida, o choque de uma garrafa sendo violentamente atirada para longe e depois uma caminhada rápida através do quarto. Temendo "que houvesse algum problema", ela foi até a porta e escutou, sem se importar em bater.

"Eu não posso continuar", ele estava furioso. "Não posso continuar. Trezentos mil, quatrocentos mil! A imensa infinidade! Trapaceado! Pode levar toda a minha vida!... Paciência! Paciência, pois sim!... Tolo! Tolo!"

Ouviu-se um barulho de solas de sapato no piso do bar e a Sra. Hall teve que, muito relutantemente, abandonar o resto do solilóquio dele. Quando ela retornou, o quarto estava silencioso novamente, exceto pelo leve crepitar de sua cadeira e o do tilintar ocasional de uma garrafa. Estava tudo terminado: o estranho tinha retornado ao trabalho.

Quando ela levou o chá, viu vidro quebrado no canto do quarto, embaixo do espelho côncavo, e uma mancha dourada que tinha sido descuidadamente esfregada. Ela chamou a atenção dele.

"Coloque na conta", resmungou o hóspede. "Pelo amor de Deus, não se preocupe comigo. Se tiver causado algum dano, coloque na conta", e continuou riscando uma lista em seu caderno.

"Vou lhe dizer uma coisa", disse Fearenside, misteriosamente. Era o fim da tarde e eles estavam na pequena cervejaria de Iping Hanger.

"Sim?", disse Teddy Henfrey.

"Este rapaz do qual vocês estão falando, o que o meu cachorro mordeu. Bem, ele é preto. Pelo menos, as pernas dele são. Eu vi pelo rasgo das calças e pelo rasgo da luva. Seria de esperar que uma cor meio rosada aparecesse, não é? Bem, não apareceu. Tudo escuro. Estou lhe dizendo, ele é preto como o meu chapéu."

"Minha nossa!", disse Henfrey. "É um caso completamente esquisito. Ora, o nariz dele é rosado!"

"Isso é verdade", disse Fearenside. "Eu sei disso. E vou lhe dizer o que estou pensando. Aquele homem é malhado, Teddy. Preto aqui e branco ali, com manchas. E ele tem vergonha disso. Ele deve ser mestiço, e a cor saiu manchada em vez de se misturar. Eu já ouvi coisas assim antes. E é comum com cavalos, como qualquer um pode ver."

Capítulo 4
O Sr. Cuss Interroga o Estranho

Contei todas as circunstâncias da chegada do estranho em Iping com certo excesso de detalhes, para que a impressão curiosa que ele causou fosse entendida pelo leitor. Exceto por dois estranhos incidentes, as circunstâncias de sua chegada até o dia extraordinário do festival devem ser passadas muito superficialmente. Houve diversos conflitos com a Sra. Hall quanto aos assuntos de disciplina doméstica, mas em todo caso, até o fim de abril, quando os primeiros sinais de penúria começaram, ele a contornou com a conveniência de um pagamento extra. Hall não gostava dele e, sempre que ousava, falava sobre como era aconselhável se livrarem dele. Mas ele mostrava seu desgosto principalmente ao escondê-lo ostensivamente e evitando o hóspede o máximo possível.

"Espere até o verão", dizia a Sra. Hall sabiamente, "quando os artistas começarem a vir. Aí você vai ver. Ele pode ser um pouco arrogante, mas não podemos dizer que não paga as contas em dia."

O estranho não frequentava a igreja e, na verdade, não fazia diferença entre o domingo e os outros dias, mesmo em seus hábitos. Ele trabalhava, como a Sra. Hall pensava, de um jeito muito irregular. Alguns dias, descia cedo e ficava constantemente ocupado.

Em outros, ele se levantava tarde, andava pelo quarto, lamentando-se por horas seguidas, fumava, dormia na poltrona perto do fogo. Ele não tinha nenhuma comunicação com o mundo além da vila. Seu temperamento continuou muito incerto, pois, na maior parte do tempo, suas maneiras eram as de um homem sofrendo uma provação praticamente insuportável, e uma ou duas vezes as coisas eram atiradas, rasgadas, amassadas ou quebradas em surtos espasmódicos de violência. Ele parecia estar sob uma irritação crônica da maior intensidade. Seu hábito de falar sozinho em uma voz baixa crescia constantemente, mas embora a Sra. Hall escutasse atentamente, não conseguia entender nada do que ouvia.

Ele raramente saía durante o dia, mas ao anoitecer saía embrulhado invisivelmente, quer o tempo estivesse frio ou não, e escolhia os caminhos mais solitários e aqueles mais sombreados por árvores e ribanceiras. Seus grandes óculos e rosto horrivelmente enfaixado embaixo da cobertura de seu chapéu surgiram de um jeito muito inesperado e desagradável da escuridão diante de um ou dois trabalhadores voltando para casa. E Teddy Henfrey, tropeçando para fora do Scarlet Coat em uma noite, às nove e meia, ficou vergonhosamente assustado com a cabeça esquelética do estranho (ele estava andando com o chapéu na mão) iluminada pela luz repentina da porta aberta da pensão. As crianças que o viam ao anoitecer sonhavam com o bicho-papão, e parecia duvidoso que ele detestasse mais os meninos do que eles o detestavam, ou o oposto, mas era certamente um desprezo vívido o suficiente de ambos os lados.

Era inevitável que uma pessoa de aparência e porte tão notáveis virasse um assunto frequente em uma vila como Iping. A opinião estava bastante dividida quanto à ocupação dele. A Sra. Hall era sensível quanto àquele ponto. Quando questionada, ela explicava muito cuidadosamente que ele era um "investigador experimental", pronunciando as sílabas minuciosamente, como alguém que detestasse mal-entendidos. Quando lhe perguntavam o que um investigador experimental era, ela dizia com um toque de superioridade que a maioria das pessoas educadas sabia coisas assim, e prontamente explicava que ele "descobria coisas". Seu hóspede tinha sofrido um acidente, ela dizia, que temporariamente descoloriu seu rosto e suas mãos e, por ser uma pessoa de disposição sensível, ele tinha aversão a qualquer exposição pública daquele fato.

Fora de seu alcance, havia uma visão amplamente interessante de que ele era um criminoso tentando escapar da Justiça enrolando-se daquele jeito para esconder-se dos olhos da polícia. A ideia surgiu do cérebro do Sr. Teddy Henfrey. Não se soube da ocorrência de nenhum crime de qualquer magnitude do meio até o fim de fevereiro. Elaborada na imaginação do Sr. Gould, o assistente probatório da Escola Nacional, aquela teoria tomou a forma de que o estranho era um anarquista disfarçado, preparando explosivos. Ele resolveu assumir tais operações investigativas enquanto seu tempo lhe permitia. Elas consistiam, na maior parte, em olhar fixamente para o estranho sempre que se encontravam ou questionar pessoas que nunca tinham visto o estranho, fazendo perguntas importantes sobre ele. Mas ele não detectou nada.

Outra escola de pensamento seguiu o Sr. Fearenside e aceitou a versão malhada ou alguma modificação dela. Como a de Silas Durgan, por exemplo, que foi ouvido afirmando que, "se ele decidir se mostrar nas feiras, vai fazer uma fortuna bem rápido" e, sendo meio teólogo, comparava o estranho ao homem com um único talento. Ainda assim, outra versão explicava o assunto por inteiro ao considerar o estranho como um lunático inofensivo. Esta tinha a vantagem de responder tudo de uma vez só.

Entre aqueles grupos principais, havia indecisos e conciliadores. O povo de Sussex tinha algumas superstições e foi apenas depois dos eventos do começo de abril que o pensamento de algo sobrenatural foi sussurrado pela primeira vez na vila. Mesmo assim, foi atribuído apenas às mulheres.

Mas seja lá o que pensassem dele, as pessoas de Iping, como um todo, concordavam em não gostar dele. Sua irritabilidade, embora pudesse ter sido compreensível para um trabalhador urbano, era uma coisa surpreendente para aqueles moradores de uma calma vila de Sussex. Os gestos frenéticos que os surpreendiam de tempos em tempos, as caminhadas desenfreadas depois do anoitecer que o levavam aos cantos mais silenciosos, as ameaças desumanas contra todas as tentativas de avanços de curiosidade, o gosto pela escuridão que o levava a fechar portas, puxar a persiana para baixo, extinguir velas e lamparinas, quem poderia concordar com tais coisas acontecendo? Eles saíam do caminho quando ele passava pela vila e, depois que ele partia, jovens humoristas colocavam a gola dos casacos para cima e a aba dos chapéus para baixo, caminhando nervosamente atrás dele, imitando sua postura misteriosa. Havia uma música popular naquela época, chamada "O Bicho-Papão". A Senhorita Statchell a cantou na apresentação da escola (para ajudar a arrecadar fundos para as lamparinas da igreja) e, portanto, sempre que um ou dois dos moradores estavam reunidos e o estranho aparecia, um compasso ou mais daquela música, mais ou menos agudo ou grave, era assobiado no meio deles. E também as crianças pequenas o chamavam de "bicho-papão!" e fugiam tremendamente eufóricas.

Cuss, o médico de clínica geral, estava sendo devorado pela curiosidade. As bandagens empolgaram seu interesse profissional e o relato das mil e uma garrafas estimulou sua inveja. Durante os meses de abril e maio inteiros, ele cobiçou uma oportunidade de falar com o estranho e, finalmente, quando chegava o dia de Pentecostes, não conseguiu mais aguentar e arranjou uma arrecadação para contratar uma enfermeira para a vila como desculpa. Ele ficou surpreso ao descobrir que o Sr. Hall não sabia o nome de seu hóspede.

"Ele deu um nome", disse a Sra. Hall — uma informação que era bastante injustificada —, "mas eu não ouvi direito". Ela pensou que parecia muito tolo não saber o nome do homem.

Cuss bateu à porta do salão e entrou. Veio uma blasfêmia bastante audível lá de dentro.

"Perdoe minha intrusão", disse Cuss, e, então, fechou a porta e excluiu a Sra. Hall do resto da conversa.

Ela pôde ouvir o murmúrio das vozes pelos dez minutos seguintes, depois uma exclamação de surpresa, um arrastar de pés, uma cadeira atirada para o lado, uma risada alta e passos rápidos até a porta. Cuss surgiu, seu rosto branco, seus olhos encarando por cima do ombro. Ele deixou a porta aberta atrás dele e, sem olhar para ela, atravessou o corredor em passos largos e desceu os degraus. Ela ouviu seus pés apressando-se em direção à estrada. Ele carregava seu chapéu na mão. Ela ficou em pé atrás da porta, olhando para a porta aberta do salão. Então, ouviu o estranho rindo silenciosamente e depois seus passos atravessaram o cômodo. Ela não podia ver o rosto dele de onde estava. A porta do salão foi batida com força e o lugar ficou silencioso novamente.

Cuss foi diretamente à vila para ver o vigário Bunting.

"Eu estou louco?", Cuss começou abruptamente, enquanto entrava na pequena e esfarrapada sala de estudo. "Eu pareço ser uma pessoa insana?"

"O que aconteceu?", disse o vigário, colocando um peso de papel nas folhas soltas de seu próximo sermão.

"Aquele homem na pousada..."

"Então?"

"Dê-me alguma coisa para beber", disse Cuss, sentando-se.

Quando seus nervos tinham se acalmado com um copo de xerez barato, a única bebida que o bom vigário tinha disponível, ele contou-lhe sobre o interrogatório que tinha acabado de fazer.

"Entrei", ele ofegou, "e comecei a exigir uma arrecadação para aquele Fundo das Enfermeiras. Ele colocou as mãos nos bolsos quando entrei e estava sentado todo embolado na cadeira. Fungou. Eu disse a ele que tinha ouvido dizer que ele se interessava por coisas científicas. Ele disse que sim. Fungou de novo. Continuou fungando o tempo inteiro, evidentemente devia ter pegado uma gripe dos infernos. Não é nenhuma surpresa, embrulhado daquele jeito! Eu desenvolvi a ideia da enfermeira e mantive os olhos abertos o tempo inteiro. Garrafas, produtos químicos, em todo lugar. Balança, tubos de ensaio em suportes e um cheiro de prímula. Ele poderia fazer uma doação? Disse que ia considerar. Perguntei a ele, sem rodeios, se estava pesquisando. Disse que estava. Uma longa pesquisa? Ficou bastante contrariado. 'Uma pesquisa terrivelmente longa', disse ele, perdendo as estribeiras, por assim dizer. 'Oh', disse eu. E logo veio a reclamação. O homem estava fervendo e minha pergunta o fez explodir de vez. Ele tinha recebido uma receita, uma receita muito valiosa — para que, ele não quis dizer. Uma receita médica? 'Maldito seja! O que está querendo aqui?' Eu me desculpei. Uma fungada e uma tosse indignadas. Ele continuou. Ele tinha lido. Cinco ingredientes. Deixou a receita de lado e virou a cabeça. Uma corrente de ar da janela levantou o papel. Um sussurro, um farfalhar. Ele estava trabalhando em um quarto com uma lareira aberta, disse. Viu uma centelha e lá estava a receita queimando e subindo em direção à chaminé. Correu em direção a ela enquanto ela subia pela chaminé. Então! Bem naquele ponto, para ilustrar sua história, colocou o braço para fora."

"Então?"

"Não tinha mão, só uma manga vazia. Senhor! Eu pensei, isso é uma deformidade! Deve ter uma prótese, imagino, e ele a tirou. Então, pensei, tem algo de estranho nisso. Que diabos mantém aquela manga para cima e aberta, se não tem nada ali? Não tinha nada, estou dizendo. Nada ali, até a articulação. Eu conseguia ver até o cotovelo e havia um lampejo de luz brilhando através de um rasgo no tecido. 'Bom Deus!' eu disse. Então, ele parou. Me encarou com aqueles óculos escuros dele e depois olhou para a manga."

"Então?"

"Foi só isso. Ele não disse uma palavra, só encarou e colocou a manga de volta no bolso rapidamente. 'Eu estava dizendo', ele disse, 'que lá estava a receita queimando, não é?' Tosse interrogativa. 'Como é', disse eu, 'que você consegue mover uma manga vazia desse jeito?' 'Manga vazia?' 'Sim', disse eu, 'uma manga vazia'."

"'É uma manga vazia, é? Você viu que era uma manga vazia?', ele se levantou imediatamente. Eu me levantei também. Ele veio na minha direção em três passos muito lentos e chegou bem perto. Fungou venenosamente. Eu não vacilei, embora eu possa ser enforcado se disser que aquela cabeça enfaixada dele e aqueles óculos não são o suficiente para perturbar qualquer um, vindo silenciosamente na sua direção."

"'Você disse que era uma manga vazia?' ele disse. 'Certamente', eu disse. Ao ser encarado sem que se diga nada, um homem de cara limpa, sem óculos, começa a vacilar. Então, muito calmamente ele levantou a mão do bolso novamente e ergueu o braço na minha direção como se fosse me mostrar de novo. Ele fez aquilo muito, muito devagar. Eu olhei para ele. Pareceu um século. 'Então?', disse eu, limpando minha garganta, 'não tem nada aí'. Eu precisava falar alguma coisa. Estava começando a me sentir assustado. Eu conseguia enxergar bem. Ele estendeu o braço bem na minha direção, devagar, bem devagar, bem assim, até o punho estar a quinze centímetros do meu rosto. Coisa estranha ver uma manga vazia vir na sua direção daquele jeito! E aí..."

"Então?"

"Alguma coisa, exatamente como um dedo e um polegar, eu senti, beliscou meu nariz."

Bunting começou a rir.

"Mas não tinha nada lá!", disse Cuss, sua voz ficando esganiçada naquele "lá". "Pode rir à vontade, mas estou lhe dizendo que fiquei tão assustado que esmurrei o punho dele, me virei e saí correndo do salão, eu o deixei."

Cuss parou. Não havia dúvidas da sinceridade do pânico dele. Ele virou-se de um jeito inconsolável e tomou um segundo copo do xerez bastante inferior do excelente vigário.

"Quando eu acertei o punho dele", disse Cuss, "estou lhe dizendo, senti exatamente que estava batendo em um braço. E não havia um braço! Não havia nem um fantasma de braço!"

O Sr. Bunting pensou naquilo. Ele olhou desconfiadamente para Cuss. "É uma história surpreendente", disse. Ele parecia mesmo muito sábio e sério. "É mesmo", disse o Sr. Bunting com uma ênfase judicial, "uma história muito surpreendente".

Capítulo 5
O Roubo na Paróquia

Os fatos do roubo na paróquia chegaram até nós diretamente através do vigário e sua esposa. Ele ocorreu na madrugada da segunda-feira de Pentecostes, um dia dedicado a festividades em Iping. A Sra. Bunting, ao que parece, acordou de repente na calmaria que precede o amanhecer, com a forte impressão de que a porta de seu quarto tinha sido aberta e fechada. A princípio, ela não acordou o marido, mas sentou-se na cama escutando. Então, ouviu distintamente o pisar de pés descalços vindo do quarto de vestir ao lado e andando pelo corredor em direção à escadaria. Assim que teve certeza, ela acordou o Rev. Sr. Bunting o mais calmamente possível. Ele não acendeu a lamparina, mas, colocando seus óculos, o roupão dela e os chinelos dele, saiu para escutar. Ele ouviu bem distintamente alguém revirando sua sala de estudo lá embaixo e, depois, um violento espirro.

Depois daquilo, ele retornou ao quarto, armado com a arma mais óbvia, o atiçador, e desceu a escada o mais silenciosamente possível. A Sra. Bunting foi até o pé da escada.

Eram cerca de quatro horas, e a escuridão máxima da noite já tinha passado. Havia um fraco brilho de luz no corredor, mas a porta da sala de estudo continuava impenetravelmente escura. Tudo estava silencioso, exceto pelo vago crepitar das escadas embaixo dos pés do Sr. Bunting e os ligeiros movimentos na sala de estudo. Então, algo estalou, a gaveta foi aberta e houve um farfalhar de papéis. Ouviu-se uma blasfêmia, um fósforo foi acendido, e a sala de estudo encheu-se de uma luz amarela. Naquele momento, o Sr. Bunting estava no corredor, e, através da fresta da porta, podia ver a escrivaninha, a gaveta aberta e uma vela queimando. Mas o ladrão ele não conseguia ver. Ele ficou ali no corredor, sem saber o que fazer, e a Sra. Bunting, seu rosto branco e atento, desceu sorrateiramente atrás dele. Uma coisa sustentou a coragem do Sr. Bunting: o convencimento de que aquele ladrão era um morador da vila.

Eles ouviram o tilintar do dinheiro e perceberam que o ladrão tinha encontrado a reserva de ouro da casa — duas libras e dez xelins ao todo. Ao ouvir aquele som, o Sr. Bunting foi encorajado a agir. Agarrando o atiçador firmemente, ele correu para dentro do quarto, seguido de perto pela Sra. Bunting. "Renda-se!", exclamou o Sr. Bunting, ferozmente, e depois parou surpreendido. Aparentemente, o quarto estava perfeitamente vazio.

Ainda assim, a convicção que tinham, naquele exato momento, de que estavam ouvindo alguém se movendo na sala transformou-se em certeza. Por meio minuto, talvez, eles permaneceram boquiabertos. Então, a Sra. Bunting atravessou o quarto e olhou por trás do biombo, enquanto o S. Bunting, por um impulso semelhante, espiava embaixo da escrivaninha. A Sra. Bunting virou as cortinas enquanto o Sr. Bunting olhava dentro da chaminé e a cutucava com o atiçador. Depois, a Sra. Bunting examinou a lixeira, e o Sr. Bunting abriu a tampa do balde de carvão. Por fim, ambos ficaram parados, olhando interrogativamente um para o outro.

"Eu poderia jurar...", disse o Sr. Bunting.

"A vela!", disse o Sr. Bunting. "Quem acendeu a vela?"

"A gaveta!", disse a Sra. Bunting. "E o dinheiro sumiu!"

Ela foi rapidamente até a porta.

"Que coisa mais esquisita..." Ouviu-se um espirro violento no corredor. Eles correram para fora e, enquanto faziam isso, a porta da cozinha bateu. "Traga a vela", disse o Sr. Bunting, guiando o caminho. Ambos ouviram o barulho de ferrolhos sendo abertos às pressas.

Ao abrirem a porta da cozinha, viram através da copa que a porta dos fundos estava se abrindo e que a luz fraca do amanhecer caía sobre a massa escura do jardim adiante. Ele tinha certeza de que nada tinha atravessado a porta. Ela se abriu, ficou aberta por um momento e depois fechou-se com violência. Ao fazê-lo, a chama da vela que a Sra. Bunting estava carregando da sala de estudo estremeceu e atiçou-se. Foi um minuto ou mais antes de eles entraram na cozinha.

O lugar estava vazio. Eles voltaram a fechar a porta dos fundos, examinaram a cozinha, a despensa e a copa minuciosamente e, finalmente, desceram até o porão. Não havia uma alma que pudesse ser encontrada na casa, por mais que procurassem.

Quando a luz do dia chegou, o vigário e sua esposa, um casalzinho estranhamento trajado, ainda estavam admirados no andar térreo sob a luz desnecessária de uma vela gotejante.

Capítulo 6
Os Móveis que Enlouqueceram

Aconteceu que nas primeiras horas da segunda-feira de Pentecostes, antes de Millie ter sido perturbada naquele dia, o Sr. e a Sra. Hall levantaram-se e foram silenciosamente até o porão. Seus negócios ali eram de natureza particular, e tinham algo a ver com a densidade específica de sua cerveja. Eles mal tinham entrado no porão quando a Sra. Hall descobriu que tinha esquecido de trazer uma garrafa de salsaparrilha do quarto ao lado do deles. Como ela era experiente e a principal operadora daquele assunto, Hall prontamente subiu para buscar a garrafa.

Ao pé da escada, ele ficou surpreso ao descobrir que a porta do estranho estava escancarada. Ele entrou em seu próprio quarto e encontrou a garrafa, como tinha sido instruído.

Mas ao retornar com a garrafa, notou que os ferrolhos da porta da frente tinham sido abertos e que a porta estava de fato simplesmente encostada. E, com uma inspiração súbita, ele conectou aquilo ao quarto do estranho lá em cima, e à sugestão do Sr. Teddy Henfrey. Ele se lembrava distintamente de estar segurando a vela enquanto a Sra. Hall fechava aqueles ferrolhos na noite anterior. Ao ver aquilo, ele parou, boquiaberto, e então, com a garrafa ainda na mão, subiu novamente. Ele bateu na porta do estranho. Não houve resposta. Ele bateu novamente; depois, escancarou a porta e entrou.

Era como ele esperava. A cama e também o quarto estavam vazios. E o que era mais estranho, mesmo para sua grande inteligência, na cadeira do quarto e sobre a cabeceira da cama estavam espalhadas as roupas, as únicas roupas que ele conhecia até então, e as bandagens de seu hóspede. Até mesmo seu chapéu de aba larga estava jogado descuidadamente ao pé da cama.

Enquanto Hall estava ali, ouviu a voz de sua esposa vindo das profundezas do porão, com uma rápida sobreposição de sílabas e uma elevação interrogativa ao final das palavras, até uma nota aguda, por meio da qual o morador do West Sussex está acostumado a reconhecer uma impaciência abrupta. "George! Você pegou o que eu queria?"

Ao ouvir aquilo, ele virou-se e correu até ela. "Janny", ele disse, por cima do corrimão dos degraus do porão, "é verdade o que o Henfrey disse. Ele não está no quarto, não está. E a porta da frente está destrancada."

Inicialmente, a Sra. Hall não entendeu, e assim que o fez, decidiu ver o quarto vazio por si própria. Hall, ainda segurando a garrafa, foi na frente. "Ele pode não estar lá", ele disse, "mas as roupas dele estão. E o que ele está fazendo por aí sem as roupas, então? Isso é um negócio curioso."

Enquanto ambos subiam os degraus do porão, conforme foi relatado mais tarde, imaginaram ter ouvido a porta da frente se abrir e fechar, mas vendo que estava fechada e que não havia nada ali, nenhum deles disse nada ao outro. A Sra. Hall passou pelo marido no patamar e correu na frente para o andar de cima. Alguém espirrou na escadaria. Hall, seguindo a seis passos atrás, pensou que a tinha ouvido espirrar. Ela, indo na frente, teve a impressão de que Hall estava espirrando. Ela escancarou a porta e ficou observando o quarto. "Que coisa mais curiosa!", ela disse.

Ela ouviu uma fungada bem próxima, parecendo atrás da cabeça dela e ao se virar, ficou surpresa por ver Hall a mais de três metros de distância da escada de cima. Mas, em um instante, ele estava ao lado dela. Ela inclinou-se para a frente e colocou sua mão no travesseiro, depois embaixo das roupas.

"Frio", ela disse. "Ele saiu há uma hora ou mais."

Enquanto fazia aquilo, a coisa mais extraordinária aconteceu. As roupas de cama se agruparam, pularam para cima de repente, em uma espécie de pico, e depois saltaram de cabeça sobre o pé da cama. Foi exatamente como se uma mão as tivesse agarrado no centro e atirado para o lado. Imediatamente depois, o chapéu do estranho pulou para fora da cama, deu um voo rodopiante no ar, fazendo quase um círculo completo, e foi bem na direção do rosto da Sra. Hall. Então, de modo igualmente ágil, veio a esponja do lavatório. Depois a cadeira, arremessando o casaco e as calças do estranho para o lado descuidadamente e rindo secamente, com uma voz particularmente parecida com a do estranho, virou-se em cima das quatro pernas, parecendo apontar para a Sra. Hall por um instante, e lançou-se nela. Ela gritou, virou-se e, então, as pernas da cadeira vieram contra ela de um modo gentil, mas firme, e a empurraram junto com Hall para fora do quarto. A porta bateu violentamente e foi trancada. A cadeira e a cama pareceram estar executar uma dança de triunfo por um momento, e depois tudo ficou silencioso.

A Sra. Hall foi deixada quase desmaiada nos braços do Sr. Hall no patamar. Foi com a maior dificuldade que o Sr. Hall e Millie, que tinha sido instigada pelo grito de alarme, trataram de levá-la para baixo e aplicar os restauradores habituais para tais caso.

"São espíritos", disse a Sra. Hall. "Sei que são espíritos. Eu li sobre eles no jornal. Mesas e cadeiras pulando e dançando..."

"Tome mais uma gota, Janny", disse Hall. "Isso vai acalmar você."

"Tranque ele para fora", disse a Sra. Hall. "Não deixe ele entrar de novo. Eu meio que imaginei... Eu devia saber. Com aqueles óculos enormes e cabeça enfaixada, nunca indo à igreja aos domingos. E todas aquelas garrafas... Mais do que o certo para qualquer um ter. Ele colocou espíritos nos móveis... Meus pobres velhos móveis! Era naquela mesma cadeira que a minha pobre mãe costumava se sentar quando eu era uma menininha. E pensar em vê-la se erguer contra mim agora!"

"Só mais uma gota, Janny", disse Hall. "Seus nervos estão abalados."

Eles mandaram Millie até o outro lado da rua sob o sol dourado das cinco horas para chamar o Sr. Sandy Wadgers, o ferreiro. Os cumprimentos do Sr. Hall e os móveis lá em cima estavam se comportando do jeito mais extraordinário. O Sr. Wadgers viria até lá? Ele era um homem sábio, o Sr. Wagers, e muito habilidoso. Ele teve uma visão muito séria do caso. "Tenho certeza de que é bruxaria", foi a visão do Sr. Sandy Wadgers. "Você precisa de ferraduras para gente desse tipo."

Ele chegou muito preocupado. Eles queriam que ele liderasse o caminho até o quarto lá em cima, mas ele não pareceu estar com pressa. Ele preferia falar no patamar. Durante o caminho, o aprendiz de Huxter chegou e começou a tirar as persianas da janela. Ele foi chamado para se unir à discussão. O Sr. Huxter, naturalmente, acompanhou a conversa por alguns minutos. O gênio anglo-saxão do governo parlamentar prevaleceu; houve muita conversa e nenhuma ação. "Vamos primeiro aos fatos", insistiu o Sr. Sandy Wadgers. "Vamos ter certeza de estar agindo de um modo perfeitamente correto ao abrir aquela porta. Uma porta arrombada está sempre aberta, mas não se pode fechar uma porta depois de arrombá-la."

De repente e surpreendentemente, a porta do quarto lá em cima abriu-se por vontade própria e, enquanto eles olhavam para cima incrédulos, viram a figura agasalhada do estranho descendo as escadas e olhando mais inexpressivamente do que nunca com aqueles óculos azuis irracionalmente grandes dele. Ele desceu rígida e lentamente, encarando o tempo inteiro. Ele atravessou o patamar encarando e depois parou.

"Olhe lá!", ele disse. Os olhos deles seguiram a direção de seu dedo enluvado e viram uma garrafa de salsaparrilha na porta do porão. Então, ele entrou no salão, e súbita, rápida e venenosamente, bateu a porta nas caras deles.

Nenhuma palavra foi dita até os últimos ecos da batida terem desaparecido. Eles se encararam. "Bem, se isso não mudou tudo!", disse o Sr. Wadgers, e deixou a alternativa por dizer.

"Eu entraria e perguntaria a respeito", disse Wadgers para o Sr. Hall. "Eu exigiria uma explicação."

Levou algum tempo para trazer o marido da proprietária até aquele ponto. Finalmente, ele bateu, abriu a porta e chegou apenas a dizer "Com licença...".

"Vá para o diabo!", disse o estranho, em uma voz tremenda, e "Feche essa porta quando sair". E assim o breve interrogatório terminou.

Capítulo 7
A Revelação do Estranho

O estranho entrou no pequeno salão do Coach and Horses por volta das cinco e meia da manhã, e ali permaneceu até quase meio-dia, as cortinas cerradas, a porta fechada e sem ninguém, depois da repulsa de Hall em aventurar-se a chegar perto dele.

Durante todo aquele tempo ele devia ter jejuado. Por três vezes ele tocou o sino, a terceira vez furiosa e continuamente, mas ninguém o respondeu. "Ele e o 'vá para o diabo' dele, pois sim!", disse o Sr. Hall. Naquele momento, chegou um boato incompleto de um roubo na paróquia, e eles chegaram a uma conclusão óbvia. Hall, auxiliado por Wadgers, foi buscar o Sr. Shuckleforth, o magistrado, para obter seus conselhos. Ninguém se aventurou lá em cima. Como o estranho ocupava seu tempo era algo desconhecido. De tempos e tempos, ele andava violentamente para cima e para baixo, e, por duas vezes, ouviu-se uma explosão de xingamentos, sons de papéis sendo rasgados e de garrafas sendo estilhaçadas.

O pequeno grupo de pessoas assustadas, mas curiosas, aumentou. A Sra. Huxter veio; alguns jovens e alegres rapazes resplandecentes usando jaquetas pretas e gravatas borboletas brancas — pois era segunda-feira de Pentecostes — juntaram-se ao grupo com questionamentos confusos. O jovem Archie Hacker distinguiu-se ao ir até o quintal e tentar espiar através das persianas. Ele não conseguia ver nada, mas deu razão para imaginarem que via, e os outros da juventude de Iping juntaram-se a ele.

Era a mais bela segunda-feira de Pentecostes possível, e, pela rua da vila, havia uma fileira de quase doze barracas e uma galeria de tiro. Na grama perto da forja havia três carroças amarelas e cor de chocolate, e alguns estranhos pitorescos de ambos os sexos estavam montando uma barraquinha de tiro ao alvo. Os cavalheiros vestiam camisas azuis e as damas, aventais brancos e chapéus elegantes com plumas pesadas. Wodger, de Purple Fawn, e o Sr. Jaggers, o sapateiro, que também vendia bicicletas de segunda mão, estavam estendendo uma fileira de bandeirinhas britânicas e insígnias reais (que haviam originalmente celebrado o primeiro Jubileu da Rainha Vitória) ao longo da estrada.

E lá dentro, na escuridão artificial do salão, na qual apenas um raio fino de luz do sol penetrava, o estranho, que devemos supor que estava faminto e apreensivo, escondido em seus embrulhos quentes e desconfortáveis, analisava seus papéis através de seus óculos escuros ou tilintava suas garrafinhas sujas e ocasionalmente praguejava ferozmente contra os meninos, audíveis, ainda que invisíveis, do outro lado da janela. No canto, perto da lareira, estavam os fragmentos de meia dúzia de garrafas estilhaçadas, e um toque de cloro contaminava o ar. Sabemos disso pelo que foi ouvido naquela época e pelo que mais tarde foi visto no local.

Por volta do meio dia, ele subitamente abriu a porta do salão e ficou em pé encarando fixamente as três ou quatro pessoas no bar. "Sra. Hall", ele disse. Alguém foi humildemente chamar a Sra. Hall.

A Sra. Hall apareceu depois de um intervalo, um pouco sem fôlego, mas ainda mais agressiva por causa daquilo. Hall ainda estava fora. Ela tinha premeditado aquela cena e veio segurando uma pequena bandeja com uma conta a pagar em cima dela. "É a sua conta que está querendo, senhor?", ela disse.

"Por que meu café da manhã não foi servido? Por que não preparou minhas refeições e não respondeu o meu chamado? Acha que posso viver sem comer?"

"Ora, minha conta está paga?", disse a Sra. Hall. "É isso que eu quero saber."

"Eu lhe disse há três dias atrás que estava esperando uma remessa..."

"Eu lhe disse há dois dias que não esperaria remessa nenhuma. Não pode reclamar se seu café da manhã demorar um pouco, já que a minha conta está aguardando há cinco dias, pode?"

O estranho praguejou breve, mas vividamente.

"Não, não!", vindo do bar.

"E eu lhe agradeceria muito, senhor, se guardasse suas ofensas para si mesmo, senhor", disse a Sra. Hall.

O estranho ficou mais do que nunca parecendo um capacete de mergulho furioso. Todos no bar sentiram que a Sra. Hall tinha levado a melhor sobre ele. Suas próximas palavras mostraram aquilo.

"Veja aqui, minha boa mulher...", ele começou.

"Não venha com 'boa mulher' para cima de mim", disse a Sra. Hall.

"Eu lhe disse que minha remessa não veio."

"Remessa, pois sim!", disse a Sra. Hall.

"Ainda assim, ouso dizer que em meu bolso..."

"Você me disse há três dias que não tinha nada além de uma moeda de prata com você."

"Bem, encontrei um pouco mais..."

"Oh-oh!", vindo do bar.

"Eu me pergunto onde foi que você encontrou", disse a Sra. Hall.

Aquilo pareceu irritar muito o estranho. Ele bateu o pé. "O que está querendo dizer?", ele disse.

"Que eu me pergunto onde foi que você encontrou", disse a Sra. Hall. "E antes que eu aceite qualquer conta, prepare seu café ou faça qualquer outra coisa do tipo, você precisa me contar uma ou duas coisas que não entendo, que ninguém entende e que todos estão muito ansiosos para entender. Quero saber o que andou fazendo com as minhas cadeiras lá em cima e quero saber como é que o seu quarto estava vazio e como você entrou nele de novo. Quem fica nessa casa entra pelas portas. Essa é a regra da casa, e isso você não fez, e o que quero saber é como você entrou. E quero saber..." De repente, o estranho ergueu sua mão enluvada e cerrada, bateu o pé e disse:

"Pare!", a violência foi tão extraordinária que a silenciou instantaneamente.

"Você não entende", ele disse, "quem eu sou ou o que eu sou. Vou lhe mostrar. Por Deus! Vou lhe mostrar." Então, ele colocou a palma da mão aberta sobre o rosto dele e a retirou. O centro do rosto dele tornou-se uma cavidade negra. "Aqui", ele disse. Ele deu um passo à frente e entregou à Sra. Hall algo que ela, encarando seu rosto metamorfoseado, aceitou automaticamente. Então, quando ela viu o que era, gritou alto, derrubou aquilo e cambaleou para trás. O nariz... Era o nariz do estranho! Rosado e brilhante... Rolando pelo chão.

Então, ele removeu seus óculos e todos no bar ficaram pasmos. Ele tirou seu chapéu e com um gesto violento rasgou suas costeletas e bandagens. Por um momento, elas resistiram a ele. Uma expectativa súbita e horrível atravessou o bar. "Oh, meu Deus!", disse alguém. E finalmente ele tirou tudo.

Era pior que qualquer outra coisa. A Sra. Hall, em pé de boca aberta e tomada pelo horror, gritou por causa do que viu e foi em direção à porta da casa. Todos começaram a se mexer. Eles estavam preparados para cicatrizes, deformações, horrores tangíveis, mas nada! As bandagens e os pelos falsos voaram através do corredor até quem estava no bar, dando um pulo desajeitado para desviar deles. Todos tropeçaram em todos, descendo os degraus. Pois o homem que estava ali, gritando alguma explicação incoerente, tinha sido uma figura sólida, gesticulando até a gola do casaco e depois... Nada, nenhuma coisa visível que fosse!

As pessoas na vila ouviram gritos e guinchos e olhando rua acima viram o Coach and Horses expulsando seus hóspedes violentamente. Eles viram a Sra. Hall cair e o Sr. Teddy Henfrey pular para evitar cair em cima dela. Depois ouviram os assustadores gritos de Mille que, surgindo de repente da cozinha por causa do barulho do tumulto, tinha se deparado com o estranho sem cabeça atrás dela. Os gritos aumentaram de repente.

Imediatamente após todos estarem na rua, o vendedor de doces, o proprietário da barraquinha de tiro ao alvo e seu assistente, o homem do balanço, menininhos e menininhas, janotas rústicos, raparigas bem vestidas, idosos de batas e ciganas de avental — começaram a correr em direção à pousada. E, em um espaço de tempo milagrosamente curto, um grupo de talvez quarenta pessoas, que rapidamente aumentava, cambaleou, vaiou, questionou, exclamou e sugeriu na frente do estabelecimento da Sra. Hall. Todos pareciam ansiosos para falar ao mesmo tempo, e o resultado foi uma babel. Um pequeno grupo apoiava a Sra. Hall, que foi carregada em estado de colapso. Houve uma conferência, e a evidência incrível de uma veemente testemunha ocular. "O Papão!", "O que ele andou fazendo, então?", "Não machucou a menina, machucou?", "Correu atrás deles com uma faca, creio eu", "Sem cabeça, estou dizendo. Não era maneira de dizer. Estou dizendo: homem sem cabeça!", "Bobagem! Isso é algum truque de mágica", "Arrancou as bandagens, ele foi e..." Em seus esforços para olhar através da porta aberta, a multidão organizou-se em uma fila enorme, com o mais aventureiro na ponta próxima à pousada. "Ele ficou em pé por um momento, eu ouvi a menina gritar e ele se virou. Eu vi as saias dela girarem e ele foi atrás dela. Não levou dez segundos. Ele voltou com uma faca e um pão na mão; ficou ali como se estivesse encarando. Segundos atrás. Entrou por aquela porta. Estou dizendo, ele não tem cabeça nenhuma. Vocês perderam!"Houve uma perturbação atrás, e o locutor parou para sair da frente de uma pequena procissão que estava marchando resolutamente em direção à casa; primeiro o Sr. Hall, muito vermelho e determinado, depois o Sr. Bobby Jaffers, o policial, e, por fim, o cauteloso Sr. Wadgers. Eles vinham naquele instante armados com um mandato.

As pessoas gritavam informações conflitantes sobre as circunstâncias recentes. "Com ou sem cabeça", disse Jaffers, "preciso prendê-lo e vou fazer isso."

O Sr. Hall marchou até os degraus, foi direto até a porta do salão e a escancarou. "Policial", ele disse, "faça o seu dever".

Jaffers marchou para dentro. Hall em seguida e Wadgers por último. Eles viram, sob a luz fraca, a figura sem cabeça os encarando, com uma casca de pão roída em uma mão enluvada e um pedaço de queijo na outra.

"É ele!", disse Hall.

"Que diabos é isso?", veio um tom de repreensão irritada acima da gola da figura.

"Você é um maldito cliente esquisito, senhor", disse o Sr. Jaffers. "Mas com cabeça ou sem cabeça, o mandato diz 'corpo' e dever é dever."

"Fique longe!", disse a figura, indo para trás.

Abruptamente, ele largou o pão e o queijo e o Sr. Hall agarrou a faca na mesa a tempo de salvá-la. A luva esquerda do estranho veio e esbofeteou o rosto de Jaffers. Em outro momento, Jaffers, encurtando uma declaração a respeito do mandato, tinha agarrado o pulso sem mão dele e segurado sua garganta invisível. Ele recebeu um sonoro chute na canela que o fez gritar, mas continuou segurando. Hall deslizou a faca por cima da mesa até Wadgers, que atuou como goleiro para o time, por assim dizer, e depois foi na direção de Jaffers. O estranho desviou e se arrastou na direção dele, apertando e batendo nele. Uma cadeira estava no caminho e foi para o lado com um estrondo quando eles caíram juntos.

"Pegue os pés", disse Jaffers entre os dentes.

O Sr. Hall, esforçando-se para agir de acordo com as instruções, recebeu um sonoro chute nas costelas, que o tirou de cena por um momento. O Sr. Wadgers, vendo que o estranho decapitado tinha rolado para o lado e estava em cima de Jaffers, recuou em direção à porta, com a faca na mão, e assim colidiu com o Sr. Huxter e o carreteiro de Sidderbridge, que tinham vindo restaurar a lei e a ordem. No mesmo momento, três ou quatro garrafas caíram da cômoda e lançaram uma névoa de cheiro forte no ar do salão.

"Eu me rendo", exclamou o estranho, embora tivesse derrubado Jaffers. Em um instante, ele estava em pé, ofegante, uma figura estranha, sem cabeça e sem mãos — pois tinha tirado sua luva direita, bem como a esquerda. "Não adianta", ele disse, como se estivesse fazendo esforço para respirar.

Foi a coisa mais estranha do mundo ouvir aquela voz como se estivesse vindo de um lugar vazio, mas o povo de Sussex talvez seja o povo mais direto ao ponto da face da terra. Jaffers também se levantou e mostrou um par de algemas.

"Eu que o diga!", disse Jaffers, surpreendido pela noção da incoerência de todo o negócio. "Maldição! Não consigo usá-las porque não posso ver."

O estranho passou o braço por baixo do colete e, como se fosse um milagre, os botões de sua manga vazia se desfizeram. Depois, ele disse algo sobre sua canela e se abaixou. Ele parecia estar se atrapalhando com os sapatos e as meias.

"Ora!", disse Huxter, de repente. "Isso não é homem coisa nenhuma. São só roupas vazias. Veja! Dá para ver o colarinho e as costuras das roupas dele. Eu poderia colocar meu braço..." Ele estendeu a mão, que pareceu encontrar algo em pleno ar. Ele a trouxe de volta com uma exclamação aguda. "Eu gostaria que você mantivesse seus dedos longe do meu olho", disse a voz aérea, em um tom de repreensão feroz. "O fato é que eu estou todo aqui... Cabeça, mãos, pernas e todo o resto, mas acontece que sou invisível. É um maldito incômodo, mas sou. Isso não é motivo para todo caipira estúpido de Iping vir me cutucar por todos os lados, é?"

O conjunto de roupas, agora todas desabotoadas e penduradas frouxamente em seus suportes ocultos, permanecia em pé, com as mãos na cintura.

Diversos outros homens tinham entrado no salão, que já estava bastante apinhado. "Invisível, é?", disse Huxter, ignorando o abuso do estranho. "Quem já ouviu uma coisa dessas?"

"É estranho, talvez, mas não é nenhum crime. Por que estou sendo atacado por um policial dessa forma?"

"Ah! Isso é outro assunto", disse Jaffers. "Sem dúvida você é um pouco difícil de ver nesta luz, mas eu tenho um mandato e está tudo certo. Não estou atrás de invisibilidade nenhuma, e sim de roubo. Uma casa foi roubada e o dinheiro foi levado."

"Bem?"

"E as circunstâncias certamente apontam..."

"Pura bobagem!", disse o Homem Invisível.

"Espero que sim, senhor; mas tenho minhas instruções."

"Bem", disse o estranho. "Eu vou. Eu vou. Mas sem algemas."

"É o procedimento", disse Jaffers.

"Sem algemas", estipulou o estranho.

"Perdão", disse Jaffers.

Abruptamente, a figura sentou-se e antes que qualquer um percebesse o que estava sendo feito, chinelos, meias e calças estavam sendo chutados para baixo da mesa. Então, ele levantou-se de novo e arrancou o casaco.

"Aqui, pare com isso", disse Jaffers, percebendo de repente o que estava acontecendo. Ele agarrou o colete, que se debateu, a camisa rasgou-se e ficou frouxa e vazia em sua mão. "Segure-o!", disse Jaffers bem alto. "Assim que ele tirar essas coisas..."

"Segure-o!", gritaram todos e houve uma correria quando a camisa branca esvoaçante tornou-se a única coisa que podia ser vista do estranho.

A camisa deu um golpe astuto na cara de Hall que parou seus avanços de braços abertos e o arremessou de costas em cima do velho sacristão Toothsome. Em um instante, a roupa foi erguida, ficou agitada e bateu os braços vagamente, como uma camisa sendo lançada por cima da cabeça de um homem. Jaffers a agarrou e apenas ajudou a tirá-la. Ele foi atingido na boca em pleno ar e, incontinentemente, lançou seu cassetete e feriu Teddy Henfrey furiosamente no topo da cabeça.

"Cuidado!", disseram todos, lutando ao acaso e não atingindo nada. "Segure-o! Feche a porta! Não o deixe solto! Eu peguei alguma coisa! Aqui está ele!" Eles faziam uma perfeita babel de barulhos. Todos, ao que parecia, estavam sendo atingidos ao mesmo tempo, e Sandy Wadgers, habilidoso como sempre e com sua inteligência aguçada por um terrível golpe no nariz, reabriu a porta e guiou a fuga. Os outros, seguindo incontinentemente, foram esmagados por um momento no canto da porta. Os golpes continuaram. Phipps, o unitarista, quebrou um dente da frente e Henfrey machucou a cartilagem da orelha. Jaffers foi atingido embaixo da mandíbula e, virando-se, pegou algo que se interveio entre ele e Huxter na pancadaria e o impediu de se aproximarem. Ele sentiu um peito musculoso e, no momento seguinte, toda a massa de homens lutando, empolgados, e disparou contra o corredor apinhado.

"Eu o peguei!", gritou Jaffers, sufocando e cambaleando entre todos eles, lutando com um rosto roxo e veias inchadas contra seu inimigo oculto.

Homens cambalearam à direita e à esquerda enquanto o extraordinário conflito desviava rapidamente em direção à porta da casa e descia girando pela meia dúzia de degraus da pousada. Jaffers gritou em uma voz estrangulada. Segurando firme, apesar de tudo, e usando o joelho, virou-se e caiu pesadamente com a cabeça no chão de cascalho. Apenas naquele momento seus dedos relaxaram.

Houve alguns gritos empolgados de "Segure-o!", "Invisível!", e assim por diante. Um jovem rapaz, um estranho no lugar cujo nome não veio à tona, apressou-se de uma vez, pegou algo, perdeu o equilíbrio e caiu por cima do corpo prostrado do policial. Do outro lado da estrada, uma mulher gritou quando sentiu algo a empurrando. Um cachorro, aparentemente chutado, pulou e correu uivando para o quintal dos Huxter e, com aquilo, a passagem do Homem Invisível foi concluída. Por um instante, as pessoas ficaram impressionadas, gesticulando. Depois veio o pânico e as espalhou ao redor da vila como o vento espalha as folhas mortas.

Mas Jaffers estava deitado bastante imóvel, com o rosto para cima e os joelhos dobrados, ao pé dos degraus da pousada.

Capítulo 8
De Passagem

O capítulo VIII é excessivamente breve e relata que Gibbons, o naturalista amador do distrito, enquanto estava deitado nas espaçosas colinas abertas sem nenhuma alma a quilômetros de distância dele, como ele pensava, quase cochilando, ouviu perto dele o som de um homem tossindo, espirrando e depois praguejando ferozmente consigo mesmo; e olhando, não contemplou nada. Ainda assim, a voz era indiscutível. Ela continuou a praguejar com a extensão e a variedade que distingue os xingamentos de um homem culto. Ela ergueu-se em um clímax, diminuiu novamente e morreu na distância, indo, ao que lhe pareceu, na direção de Adderdean. Ela subiu para um espirro espasmódico e chegou ao fim. Gibbons não tinha ouvido nada sobre as ocorrências da manhã, mas o fenômeno foi tão marcante e perturbador que sua tranquilidade filosófica desapareceu. Ele levantou-se rapidamente e desceu o declive da colina em direção à vila, o mais rápido que pôde.

Capítulo 9
O Sr. Thomas Marvel

Você deve imaginar o Sr. Thomas Marvel como uma pessoa de aparência copiosa, flexível, com um nariz cilíndrico e saliente, uma boca de alcaçuz, ampla, flutuante, e uma barba de excentricidade eriçada. Sua figura inclinava-se em direção à cintura, e seus membros curtos acentuavam essa inclinação. Ele vestia uma cartola felpuda, e a frequente substituição de botões por barbantes e cadarços, aparente em pontos críticos de seu traje, marcavam um homem essencialmente solteiro.

O Sr. Thomas Marvel estava sentado com os pés em uma sarjeta à beira da estrada nas colinas em direção a Adderdean, a cerca de dois quilômetros de Iping. Seus pés, exceto pelas meias de lã frouxas, estavam descalços, seus dedões dos pés eram largos e apontavam para fora como as orelhas de um cão de guarda. De maneira tranquila — ele fazia tudo de maneira tranquila — estava pensando em experimentar um par de botas. Elas eram as botas mais resistentes que ele tinha encontrado em muito tempo, mas eram grandes demais para ele; enquanto as que ele tinha, em tempo seco, eram um par muito confortável, mas com as solas finas demais para a umidade. Ele nunca tinha pensado bem sobre qual delas odiava mais. Era um dia agradável, e não havia nada melhor para fazer. Então, ele colocou os quatro sapatos em um grupo gracioso no gramado e olhou para eles. E vendo-os ali, entre a grama e a agrimônia que brotava, de repente lhe ocorreu que ambos os pares eram extremamente feios. Ele não ficou nem um pouco assustado com a voz atrás dele.

"São botas, de qualquer jeito", disse a voz.

"São... botas de caridade", disse o Sr. Thomas Marvel, com sua cabeça de lado, considerando-as com desagrado, "e são o par mais feio de todo o bendito universo. Diabos me levem se não sei!"

"Hmm", disse a voz.

"Eu já usei piores... Na verdade, já fiquei sem nenhuma. Mas nenhuma era tão audaciosamente feia... se você me permitir a expressão. Eu estive alternando as botas, em particular, por dias. Porque estava cansado delas. Elas são resistentes o suficiente, é claro. Mas um cavalheiro andarilho vê suas botas uma quantidade estrondosa de vezes. E se puder acreditar em mim, não consegui nada em todo o bendito país, por mais que tenha tentado, além delas. Olhe para elas! E este é um país que produz boas botas, de modo geral. Mas é apenas a minha má sorte. Eu obtive minhas botas neste país por dez anos ou mais. E ainda assim me tratam desse jeito."

"É uma monstruosidade de país", disse a voz. "E está cheio de porcos."

"Não está?", disse o Sr. Thomas Marvel. "Senhor! Mas as botas! Elas são o auge."

Ele virou a cabeça sobre o ombro para a direita, para olhar as botas de seu interlocutor com a intenção de compará-las, e ora! Onde as botas de seu interlocutor deveriam estar não havia nem pernas nem botas. Ele foi banhado pela luz de uma grande surpresa. "Onde você está?", disse o Sr. Thomas Marvel por cima do ombro, ficando de quatro. Ele viu uma faixa de colinas vazias, com o vento balançando os remotos arbustos e suas pontas esverdeadas.

"Estou bêbado?", disse o Sr. Marvel. "Estou tendo alucinações? Estava falando sozinho? Mas que..."

"Não fique assustado", disse a voz.

"Não venha bancar o ventríloquo para cima de mim", disse o Sr. Thomas Marvel, levantando-se prontamente. "Onde você está? Assustado, pois sim!"

"Não fique assustado", repetiu a voz.

"Você é que vai ficar assustado em um instante, seu tolo", disse o Sr. Thomas Marvel. "Onde você está? Vai ver só quando encontrar você..."

"Você está enterrado?", disse o Sr. Thomas Marvel, depois de um intervalo.

Não houve resposta. O Sr. Thomas Marvel ficou em pé, sem botas e impressionado, sua jaqueta quase jogada de lado.

"Pio-pio", disse um passarinho, muito remoto.

"Pio-pio, pois sim!", disse o Sr. Thomas Marvel. "Não tenho tempo para bobagens." A colina estava desolada, de leste a oeste, de norte a sul. A estrada, com suas valas rasas e estacas brancas nas bordas, corria suave e vazia de norte a sul, e, exceto por aquele passarinho, o céu azul estava vazio também.

"Deus me ajude", disse o Sr. Thomas Marvel, colocando seu casaco de volta nos ombros. "É a bebida! Eu devia saber."

"Não é a bebida", disse a voz. "Acalme os seus nervos."

"Ai!", disse o Sr. Marvel, que ficou com o rosto branco entre suas manchas. "É a bebida!", seus lábios repetiram silenciosamente. Ele continuou encarando tudo a seu redor, girando lentamente para trás. "Eu poderia jurar que ouvi uma voz", ele sussurrou.

"Claro que ouviu."

"Está aqui de novo", disse o Sr. Marvel, fechando os olhos e apertando a mão contra a testa em um gesto trágico. Ele foi subitamente puxado pelo colarinho e sacudido violentamente, deixado mais tonto do que nunca. "Não seja tolo", disse a voz.

"Eu... estou... completamente... doido", disse o Sr. Marvel. "Não adianta. É a preocupação por causa dessas benditas botas. Estou ficando completamente doido. Ou são espíritos."

"Nem uma coisa nem outra", disse a voz. "Escute!"

"Doido", disse o Sr. Marvel.

"Um minuto", disse a voz, penetrantemente, trêmula com autocontrole.

"Bem?", disse o Sr. Thomas Marvel, com a estranha sensação de estar sendo cutucado no peito por um dedo.

"Você acha que sou apenas imaginação? Apenas imaginação?"

"O que mais você pode ser?", disse o Sr. Thomas Marvel, esfregando a nuca.

"Muito bem", disse a voz em um tom de alívio. "Então, vou tacar pedras em você até pensar diferente."

"Mas onde você está?"

A voz não deu resposta. Zumbindo veio uma pedra, aparentemente direto do ar e errou o ombro do Sr. Marvel pela distância de um fio de cabelo. O Sr. Marvel, virando-se, viu uma pedra erguer-se no ar, traçar um caminho complicado, ficar pendurada por um momento e depois cair em seus pés com uma rapidez quase invisível. Ele ficou muito surpreso para desviar. Veio zumbindo e ricocheteou de seu dedão desprotegido até a sarjeta. O Sr. Thomas Marvel pulou em um pé só e uivou alto. Então, começou a correr, tropeçou em um obstáculo oculto e foi de pernas para o ar até cair sentado.

"Agora", disse a voz, enquanto uma terceira pedra se curvava para cima e ficava pendurada no ar sobre o mendigo. "Sou imaginação?"

O Sr. Marvel, como forma de resposta, esforçou-se para ficar em pé e foi imediatamente derrubado de novo. Ele ficou deitado silenciosamente por um momento. "Se continuar lutando", disse a voz. "Vou jogar a pedra na sua cabeça."

"Muito justo", disse o Sr. Thomas Marvel, sentando-se, pegando seu dedão machucado na mão e fixando os olhos no terceiro míssil. "Eu não entendo. Pedras se atirando sozinhas. Pedras falando. Acaba com a pessoa. Apodrece. Estou acabado".

A terceira pedra caiu.

"É muito simples", disse a voz. "Sou um homem invisível."

"Me diga algo que eu não sei", disse o Sr. Marvel, ofegante de dor. "Onde você se escondeu... Como faz isso... Eu não sei. Fui derrotado."

"Isso é tudo", disse a voz. "Sou invisível. É isso que quero que você entenda."

"Qualquer um pode ver isso. Não precisa ser tão impaciente desse jeito, senhor. Mas vamos lá. Me dê uma pista. Como você está escondido?"

"Sou invisível. Essa é a grande questão. E o que eu quero que você entenda é isso."

"Mas onde?", interrompeu o Sr. Marvel.

"Aqui! Cinco metros à sua frente."

"Oh, vamos lá! Eu não sou cego. Depois você vai me dizer que é só puro ar. Eu não sou um vagabundo ignorante."

"Sim, eu sou... puro ar. Você está olhando através de mim."

"O quê! Não há nada em você. Você está... O que é isso? Uma charada. É isso?"

"Sou apenas um ser humano... Sólido, precisando de comida e bebida, precisando de roupas também. Mas sou invisível. Está vendo? Invisível. Ideia simples. Invisível."

"O quê? De verdade?"

"Sim, de verdade."

"Vamos pôr a mão em você", disse Marvel, "se você é de verdade. Não vai estar tão fora do caminho, então... Senhor!", ele disse, "Olhe como me assustou! Me agarrando desse jeito!"

Ele sentiu a mão que tinha se fechado ao redor de seu pulso com seus dedos soltos. Os dedos dele foram apreensivamente para cima do braço, bateram em um peito musculoso e exploraram um rosto barbudo. O rosto de Marvel era puro espanto.

"Estou abismado!", ele disse. "Se isso não supera uma briga de galos! Impressionante! E ali posso ver um coelho bem através de você, a um quilômetro de distância! Nem um pedaço de você visível... exceto..." Ele analisou o espaço aparentemente vazio atentamente. "Você andou comendo pão e queijo?", ele perguntou, segurando o braço invisível.

"Você está certo, ainda não foi bem assimilado pelo organismo."

"Ah!", disse o Sr. Marvel. "Meio fantasmagórico, entretanto."

"É claro, tudo isso não é tão maravilhoso como você pensa."

"É bastante maravilhoso para as minhas modestas vontades", disse o Sr. Thomas Marvel. "Como consegue? Como faz isso?"

"É uma longa história. E, além disso..."

"Eu lhe digo, o negócio todo acaba comigo", disse o Sr. Marvel.

"O que eu quero lhe dizer agora é isso: preciso de ajuda. Eu cheguei a esse ponto... Cheguei a você de repente. Eu estava vagando, louco de raiva, nu, impotente. Eu poderia ter matado. E vi você..."

"Senhor!", disse o Sr. Marvel.

"Eu vim por trás de você... hesitei... continuei..."

A expressão do Sr. Marvel era eloquente.

"...e então parei. 'Aqui', disse eu, 'está um pária como eu. Este é o homem para mim'. Então me virei e vim até você... Você. E..."

"Senhor!", disse o Sr. Marvel. "Mas estou na maior confusão. Posso perguntar... como é isso? E o que você pode estar querendo em forma de ajuda? Invisível!"

"Quero que você me ajude a arranjar roupas... e abrigo... e depois, outras coisas. Eu as deixei há tempo suficiente. Se não quiser... bem! Mas você vai... você deve."

"Olhe aqui", disse o Sr. Marvel. "Estou muito espantado. Não fique me batendo mais. E me deixe ir. Eu devo ficar estável em um instante. E você quase quebrou meu dedão. É tudo tão absurdo. Colinas vazias, céu vazio. Nada visível por quilômetros além do seio da Natureza. E então, surge uma voz. Uma voz do céu! E pedras! E uma mão... Deus!"

"Recomponha-se", disse a voz, "pois você tem que fazer o trabalho que escolhi para você."

O Sr. Marvel soprou para fora de suas bochechas e seus olhos estavam arregalados.

"Eu escolhi você", disse a voz. "Você é o único homem, além de alguns daqueles tolos lá embaixo, que sabe que existe algo como um homem invisível. Precisa ser meu ajudante. Me ajude... e farei grandes coisas para você. Um homem invisível é um homem de poder." Ele parou por um momento para espirrar violentamente.

"Mas se me trair", ele disse, "se falhar em fazer como eu lhe instruí...", ele fez uma pausa e deu uma batidinha sábia no ombro do Sr. Marvel.

O Sr. Marvel deu um ganido de horror ao toque. "Não quero trair você", disse, esgueirando-se para longe da direção dos dedos. "Não vá pensar uma coisa dessas, seja lá o que fizer. Tudo o que quero fazer é ajudar... Só me diga o que fazer. (Senhor!) O que quiser que seja feito, estou mais do que disposto a fazer."

Capítulo 10
A Visita do Sr. Marvel a Iping

Depois de o tempestuoso pânico ter se desfeito, Iping ficou argumentativa. O ceticismo de repente virou sua cabeça — um ceticismo bastante nervoso, de forma alguma confiante de si, mas ainda assim, ceticismo. Era muito mais fácil não acreditar em um homem invisível, e aqueles que realmente o tinham visto se dissolver no ar ou que tinham sentido a força de seu braço, podiam ser contados nos dedos de duas mãos. E dentre aquelas testemunhas, o Sr. Wadgers estava faltando, tendo se retirado impenetravelmente para trás dos ferrolhos e grades de sua própria casa. E Jaffers estava deitado aturdido no salão do Coach and Horses. Grandes e estranhas ideias transcendendo experiências frequentemente têm menos efeito nos homens e mulheres do que as considerações menores, mais tangíveis. Iping estava alegre, com bandeirinhas, e todos estavam usando um traje de gala. A segunda-feira de Pentecostes tinha sido aguardada ansiosamente por um mês ou mais. À tarde, até mesmo aqueles que acreditavam no Oculto estavam começando a retornar às suas pequenas diversões de uma forma hesitante, supondo que ele tinha ido embora e com o ceticismo de que era tudo uma brincadeira. Mas as pessoas, tanto as céticas quanto as crédulas, estiveram consideravelmente sociáveis durante aquele dia inteiro.

O prado de Haysman estava alegre com uma barraca, na qual a Sra. Bunting e outras damas estavam preparando o chá, ao passo que, sem a escola dominical, as crianças apostavam corridas e jogavam sob a supervisão barulhenta do pároco e das Srtas. Cuss e Sackbut. Sem dúvida, havia um leve desconforto no ar, mas as pessoas, em sua maior parte, tiveram o bom-senso de esconder quaisquer receios imaginários que experimentassem. Na vila, uma corda forte e inclinada, na ponta da qual, agarrando-se a um puxador de alça de polia, era possível ser arremessado violentamente contra um saco na outra ponta, serviu para o proveito considerável dos adolescentes, assim como os balanços e as barracas de tiro ao alvo. Havia também passeios, e um aerofone preso a um pequeno carrossel enchia o ar com o sabor intenso de óleo e com música igualmente intensa. Membros do clube, que tinham frequentado a igreja pela manhã, estavam esplêndidos com distintivos rosa e verdes, e alguns dos mais alegres também tinham enfeitado seus chapéus-coco com fitas de cores brilhantes. O Velho Fletcher, cujas concepções de comemoração eram severas, podia ser visto através do jasmim perto de sua janela ou através da porta aberta (seja lá onde você desejasse olhar), equilibrado delicadamente em uma placa apoiada por duas cadeiras, passando cal no teto de sua sala da frente.

Por volta das quatro horas, um estranho entrou na vila, vindo das colinas. Ele era uma pessoa baixa e robusta com um chapéu extraordinariamente esfarrapado e parecia estar bastante sem fôlego. Suas bochechas estavam alternadamente flácidas e firmemente inchadas. Seu rosto manchado estava apreensivo, e ele se movia com uma espécie de vivacidade relutante. Ele virou a esquina da igreja e direcionou seu caminho até o Coach and Horses. Entre outros, o Velho Fletcher se lembra de tê-lo visto e, sem dúvida, o velho cavalheiro ficou tão surpreso pela sua agitação peculiar que, inadvertidamente, permitiu que uma quantidade de cal caísse do pincel para dentro da manga de seu casaco enquanto o observava.

Aquele estranho, sob a perspectiva do proprietário da barraquinha de tiro ao alvo, parecia estar falando sozinho, e o Sr. Huxter comentou a mesma coisa. Ele parou ao pé dos degraus do Coach and Horses e, de acordo com o Sr. Huxter, parecia estar atravessando uma luta interna antes de se convencer a entrar na casa. Finalmente, ele subiu os degraus, e foi visto pelo Sr. Huxter virando à esquerda e abrindo a porta do salão. O Sr. Huxter ouviu vozes de dentro do salão e do bar, informando o homem de seu erro. "Aquela sala é particular!", disse Hall, e o estranho fechou a porta desajeitadamente e foi até o bar.

No período de alguns minutos, ele reapareceu, enxugando os lábios com o dorso da mão, com um ar de satisfação silenciosa que, de alguma, forma impressionou o Sr. Huxter, como se supõe. Ele ficou olhando a seu redor por alguns momentos e, então, o Sr. Huxter o viu andar de uma maneira estranhamente furtiva em direção aos portões do quintal, acima dos quais a janela do salão se abriu. O estranho, depois de alguma hesitação, encostou-se contra uma das grades do portão, fez surgir um pequeno cachimbo de argila e se preparou para enchê-lo.

Seus dedos tremeram enquanto o fazia. Ele o acendeu desajeitadamente e dobrou os braços para começar a fumar, em uma atitude lânguida, uma atitude que seus olhares ocasionais para o quintal desmentiam completamente.

Tudo aquilo o Sr. Huxter viu através de sua janela, e a singularidade do comportamento daquele homem o impeliu a continuar suas observações.

Naquele momento, o estranho ficou em pé abruptamente e colocou seu cachimbo no bolso. Então, ele desapareceu no quintal. Em seguida, o Sr. Huxter, imaginando ser testemunha de algum pequeno delito, pulou de trás de seu balcão e correu até a estrada para interceptar o ladrão. Enquanto o fazia, o Sr. Marvel reapareceu, seu chapéu torto, um grande embrulho em uma toalha de mesa azul em uma mão e três livros amarrados juntos — com o que mais tarde descobriu serem os suspensórios do vigário — em outra. Assim que viu Huxter, ele deu uma espécie de suspiro e virando-se bruscamente para a esquerda, começou a correr.

"Pare, ladrão!", gritou Huxter e saiu atrás dele. As sensações do Sr. Huxter foram vívidas, mas breves. Ele viu o homem bem na frente dele, dando um impulso brusco em direção à esquina da igreja e à estrada da colina. Viu as bandeiras da vila, as festividades adiante e um ou dois rostos virados em sua direção. "Pare!", berrou de novo. Ele mal tinha dado dez passadas rápidas quando sua canela foi apanhada de alguma forma misteriosa e ele não estava mais correndo, mas voando com uma rapidez inconcebível através do ar. Ele viu o chão, de repente, próximo a seu rosto. O mundo pareceu mergulhar em um milhão de partículas de luz rodopiantes e os procedimentos subsequentes não lhe interessaram mais.

Capítulo 11
No Coach and Horses

Agora, para entender claramente o que aconteceu na pousada, é necessário voltar ao momento em que o Sr. Marvel foi avistado pela janela do Sr. Huxton.

Naquele preciso momento, o Sr. Cuss e o Sr. Bunting estavam no salão. Eles estavam investigando seriamente as estranhas ocorrências da manhã e estavam, com a permissão do Sr. Hall, fazendo uma análise detalhada dos pertences do Homem Invisível. Jaffers tinha se recuperado parcialmente de sua queda e tinha ido para casa sob a responsabilidade de seus solidários amigos. As vestes espalhadas do estranho tinham sido recolhidas pela Sra. Hall, e o lugar tinha sido arrumado. E na mesa embaixo da janela onde o estranho tinha o costume de trabalhar, Cuss tinha encontrado quase imediatamente três grandes livros manuscritos etiquetados como "Diário".

"Diário!", disse Cuss, colocando os três livros na mesa. "Agora, a qualquer momento, vamos descobrir alguma coisa." O Vigário permaneceu com as mãos na mesa.

"Diário", repetiu Cuss, sentando-se e colocando dois volumes para dar apoio ao terceiro e abrindo-o. "Hmm... Nenhum nome na folha de guarda. Que aborrecido! Códigos. E cálculos."

O vigário aproximou-se para olhar por cima do ombro dele.

Cuss virou as páginas com um rosto subitamente desapontado. "Estou... Céus! São a apenas códigos, Bunting."

"Não tem nenhum diagrama?", perguntou Sr. Bunting. "Nenhuma ilustração para dar uma ideia..."

"Veja você mesmo", disse o Sr. Cuss. "Uma parte é matemática, outra parte é em russo ou alguma língua do tipo (a julgar pelas letras) e mais outra em grego. Agora, o grego, eu imaginava que você..."

"É claro", disse o Sr. Bunting, retirando e esfregando seus óculos, sentindo-se subitamente muito desconfortável — pois ele não tinha nada de grego na cabeça que valesse a pena mencionar; "Sim... grego, é claro, deve dar uma pista."

"Vou lhe arranjar um lugar."

"Eu prefiro dar uma olhada nos volumes primeiro", disse o Sr. Bunting, ainda esfregando. "Uma impressão geral primeiro, Cuss, e então, você sabe, podemos procurar pistas."

Ele tossiu, colocou os óculos, arrumou-os fastidiosamente, tossiu de novo e desejou que algo acontecesse para evitar a exposição aparentemente inevitável. Então, ele pegou o volume que Cuss lhe entregava de um modo preguiçoso. E depois algo realmente aconteceu.

A porta se abriu de repente.

Ambos os cavalheiros começaram a olhar ao redor violentamente e ficaram aliviados ao ver um rosto esporadicamente rosado embaixo de uma cartola felpuda. "Cerveja?", perguntou o rosto e ficou encarando.

"Não", disseram ambos os cavalheiros de uma vez.

"Do outro lado, meu amigo", disse o Sr. Bunting. E "Por favor, feche essa porta", disse o Sr. Cuss, irritado.

"Tudo bem", disse o intruso, no que pareceu uma voz baixa curiosamente diferente da rouquidão de sua primeira pergunta. "Vocês têm razão", disse o intruso na voz anterior. "Afastar-se!", e assim desapareceu e fechou a porta.

"Um marinheiro, eu diria", disse o Sr. Burning. "Companheiros divertidos eles são. 'Afastar-se!', certamente um termo náutico, referindo-se a sair da sala, eu imagino."

"Ouso dizer que sim", disse Cuss. "Meus nervos estão em frangalhos hoje. Levei um susto... A porta se abrindo daquele jeito."

O Sr. Bunting sorriu como se ele não tivesse se assustado. "E agora", ele disse com um suspiro, "esses livros."

Alguém fungou quando ele falou aquilo.

"Uma coisa é indiscutível", disse Bunting, arrastando uma cadeira para perto de Cuss. "Certamente houve coisas muito estranhas acontecendo em Iping durante os últimos dias — muito estranhas. É claro que não posso acreditar nesse absurdo de história de invisibilidade..."

"É incrível...", disse Cuss. "Incrível. Mas permanece o fato de que eu vi... Eu certamente vi dentro da manga dele..."

"Mas você... você tem certeza? Imagine que um espelho, por exemplo... alucinações são tão facilmente produzidas. Eu não sei se você já viu um ilusionista realmente bom..."

"Não vou discutir de novo", disse Cuss. "Nós já discutimos isso, Bunting. E agora esses livros... Ah! Aqui está algo que eu imagino ser grego! Letras gregas, certamente."

Ele apontou para o meio da página. O Sr. Bunting corou levemente e aproximou o rosto, aparentemente encontrando um pouco de dificuldade com os óculos. De repente, ele se deu conta de uma sensação estranha em sua nuca. Ele tentou levantar a cabeça e encontrou uma resistência imóvel. A sensação era de uma pressão curiosa, o aperto de uma mão firme e pesada que levou seu queixo irresistivelmente até a mesa. "Não se mova, homenzinho", sussurrou a voz, "ou vou quebrar a cabeça dos dois!"

Ele olhou para o rosto de Cuss, próximo ao seu, e cada um viu o reflexo horrorizado de seu próprio assombramento doentio.

"Sinto muito por lhe tratar com tanta indelicadeza", disse a voz, "mas é inevitável."

"Desde quando aprenderam a bisbilhotar as anotações particulares de um investigador", disse a voz. Dois queixos bateram na mesa simultaneamente e duas fileiras de dentes se sacudiram.

"Desde quando aprenderam a invadir as salas particulares de um homem em desgraça?"

E a pancada se repetiu:"Onde colocaram as minhas roupas?"

"Escutem", disse a voz. "As janelas estão fechadas e eu tirei a chave da porta. Sou um homem bastante forte e tenho o atiçador em mãos... além de ser invisível. Não há a menor dúvida de que eu poderia matar os dois e me livrar facilmente se quisesse... Vocês estão entendendo? Muito bem. Se eu soltá-los, vão prometer não tentar nenhuma bobagem e fazer o que eu mandar?"

O vigário e o médico olharam um para o outro e o médico fez uma careta. "Sim", disse o Sr. Bunting e o médico repetiu. Então, a pressão nos pescoços relaxou e o médico e o vigário se sentaram, ambos com os rostos muito vermelhos e contorcendo as cabeças.

"Por favor, continuem sentados onde estão", disse o Homem Invisível. "Aqui está o atiçador, como podem ver."

"Quando eu entrei neste salão", continuou o Homem Invisível, depois de encostar o atiçador na ponta do nariz de cada um de seus visitantes. "Eu não esperava encontrá-lo ocupado, e esperava encontrar, além dos meus livros de anotações, uma muda de roupa. Onde estão? Não... não levantem. Eu posso ver que levaram. Agora, neste momento, embora os dias estejam bastante quentes para um homem invisível andar nu por aí, as noites são bastante frias. Eu quero roupas... e outras acomodações; e também preciso desses três livros."

Capítulo 12
O Homem Invisível Perde a Paciência

É inevitável neste ponto que a narrativa deva ser interrompida novamente, por causa de uma certa razão muito dolorosa que ficará aparente agora. Enquanto aquelas coisas estavam acontecendo no salão, e enquanto o Sr. Huxter estava observando o Sr. Marvel fumando o cachimbo encostado no portão, a menos de dez metros de distância, o Sr. Hall e Teddy Henfrey estavam discutindo em um estado de confusão nebulosa o único assunto de Iping.

De repente, ouviu-se um baque violento contra a porta do salão, um grito agudo e então... silêncio.

"Olá!", disse Teddy Henfrey.

"Olá!", uma voz veio do bar.

O Sr. Hall levava as coisas de forma lenta, mas precisa. "Isso não está certo", ele disse, e deu a volta por trás do balcão, em direção à porta do salão.

Ele e Teddy aproximaram-se da porta juntos, com rostos decididos. Seus olhos consideraram. "Algo está errado", disse Hall e Henfrey assentiu, concordando. O sopro de um odor químico desagradável veio até eles, e havia o som abafado de uma conversa, muito rápida e moderada.

"Você está bem, doutor?", perguntou Hall, dando batidinhas.

A conversa murmurada cessou abruptamente, por um momento de silêncio, e depois foi retomada, em sussurros sibilantes. Em seguida, um grito agudo:"Não! Não, não faça isso!"Um movimento súbito e uma cadeira tombando, uma breve luta. Silêncio novamente.

"Mas que diabos?", exclamou Henfrey em voz baixa.

"Você... está... bem... doutor?", perguntou o Sr. Hall, drasticamente, de novo.

A voz do Vigário respondeu com uma entonação curiosamente espasmódica: "Muito bem. Por favor, não... interrompa."

"Estranho!", disse o Sr. Henfrey.

"Estranho!", disse o Sr. Hall.

"Diz, 'não interrompa'", disse Henfrey.

"Eu ouvi", disse Hall.

"E uma fungada", disse Henfrey.

Eles continuaram ouvindo. A conversa foi rápida e moderada. "Eu não posso", disse o Sr. Bunting, sua voz se erguendo, "Eu lhe digo, senhor, eu não vou."

"O que foi isso?", perguntou Henfrey.

"Diz que ele não vai", disse Hall. "Não estava falando com a gente, estava?"

"Lamentável!", disse o Sr. Bunting lá dentro.

"Lamentável", disse o Sr. Henfrey. "Eu ouvi... nitidamente."

"Quem está falando agora?", perguntou Henfrey.

"O Sr. Cuss, eu imagino", disse Hall. "Consegue ouvir alguma coisa?"

Silêncio. Os sons lá dentro eram indistintos e intrigantes.

"Parece que estão jogando a toalha de mesa para o lado", disse Hall.

A Sra. Hall apareceu atrás do balcão. Hall fez gestos de silêncio e a chamou. Aquilo instigou a oposição conjugal da Sra. Hall. "Por que é que estão aí ouvindo, Hall?", ela perguntou. "Não têm nada melhor para fazer... em um dia cheio como esse?"

Hall tentou transmitir tudo através de caretas e mímicas, mas a Sra. Hall estava obstinada. Ela ergueu a voz. Então, Hall e Henfrey, bastante cabisbaixos, foram nas pontas dos pés até o bar, gesticulando para explicar a ela.

Inicialmente ela se recusou a ver qualquer coisa no que eles tinham ouvido. Então, ela exigiu que Hall ficasse em silêncio, enquanto Henfrey contava a história. Ela estava inclinada a pensar que era tudo bobagem — talvez eles apenas estivessem mudando os móveis de lugar. "Eu os ouvi dizer 'lamentável'; isso eu ouvi", disse Hall.

"Eu ouvi isso, Sra. Hall", disse Henfrey.

"Provavelmente...", começou a Sra. Hall.

"Chiu!", disse o Sr. Teddy Henfrey. "Não ouviu a janela?"

"Qual janela?", perguntou a Sra. Hall.

"A janela do salão", disse Henfrey.

Todos ficaram escutando intensamente. Os olhos da Sra. Hall, direcionados bem para a frente dela, viram sem enxergar o retângulo brilhante da porta da pousada, a estrada branca e vívida e a frente da loja de Huxter, escaldada pelo sol de junho. Abruptamente, a porta de Huxter se abriu, e Huxter apareceu, seus olhos observando com empolgação, braços gesticulando.

"Ei!", gritou Huxter. "Pare, ladrão!"

O intruso correu obliquamente através do retângulo em direção ao portão do quintal e desapareceu.

Simultaneamente, veio um tumulto do salão e um som de janelas sendo fechadas.

Hall, Henfrey e aqueles que estavam no bar correram para fora, todos de uma vez, desordenadamente, em direção à rua. Eles viram alguém virando a esquina em direção à estrada e o Sr. Huxter executando um salto complicado no ar, que o fez cair em cima de seu rosto e ombro. No fim da rua, as pessoas estavam em pé, surpresas, ou correndo na direção deles.

O Sr. Huxter estava perplexo. Henfrey parou para observar aquilo, mas Hall e os dois trabalhadores do bar correram de uma vez para a esquina, gritando coisas incoerentes, e viram o Sr. Marvel desaparecer no canto do muro da igreja. Eles pareceram ter chegado à conclusão impossível de que o Homem Invisível, subitamente, tornara-se visível, e correram de uma vez pela estrada atrás dele. Mas Hall mal tinha corrido dez metros antes de dar um grito de espanto e ir voando de lado, desenfreadamente, agarrando um dos trabalhadores e levando-o ao chão. Ele tinha sido tratado exatamente como se faz com um homem no futebol. O segundo trabalhador deu uma volta, olhou e pensando que Hall tinha tropeçado por sua própria culpa, retomou a busca, apenas para tropeçar no tornozelo exatamente como tinha acontecido com Huxter. Então, enquanto o primeiro trabalhador lutava para ficar em pé, ele foi chutado de lado por um golpe que poderia ter derrubado um touro.

Enquanto ele caía, a correria que vinha da direção da vila virou a esquina. O primeiro a aparecer foi o proprietário da barraquinha de tiro ao alvo, um homem corpulento com uma camisa azul. Ele ficou espantado por ver a estrada vazia, exceto por três homens esparramados no chão. E, então, algo aconteceu com o seu pé que estava mais para trás, e ele rolou desenfreadamente para o lado, a tempo apenas de raspar os pés de seu irmão e parceiro, caindo com tudo. Os dois foram então chutados, ajoelharam-se, caíram e foram xingados por um número considerável de pessoas apressadas.

Quando Hall, Henfrey e os trabalhadores correram para fora da casa, a Sra. Hall, que tinha sido disciplinada por anos de experiência, permaneceu no bar, perto da caixa registradora. E, de repente, a porta do salão foi aberta e o Sr. Cuss apareceu. Sem olhar para ela, desceu os degraus correndo em direção à esquina. "Segure-o!", ele gritou. "Não deixem ele largar aquele pacote."

Ele não sabia nada sobre a existência de Marvel, pois o Homem Invisível tinha entregado os livros e o pacote no quintal. O rosto do Sr. Cuss estava irritado e resoluto, mas seu traje estava incorreto, um tipo de saia escocesa branca que poderia apenas ter sido aceitável na Grécia. "Segure-o!", ele berrou. "Ele pegou as minhas calças! E toda a roupa do vigário!"

"Cuide dele por um minuto!", ele pediu a Henfrey, enquanto passava pelo prostrado Huxter, e, vindo pela esquina para se juntar ao tumulto, foi prontamente derrubado dos pés em um tombo indecoroso. Alguém em disparada pisou com força em seu dedo. Ele gritou, lutou para ficar em pé, foi derrubado, caiu de quatro novamente e ficou ciente de estar envolvido não em uma captura, mas em uma fuga. Todos estavam correndo de volta para a vila. Ele levantou-se de novo e foi atingido brutalmente atrás da orelha. Ele cambaleou e voltou para o Coach and Horses sem demora, pulando por cima do abandonado Huxter, que agora estava se sentando, em seu caminho.

Atrás dele, enquanto estava subindo os degraus da pousada, ele ouviu um grito súbito de raiva, erguendo-se brutalmente sobre a confusão de exclamações, e um soco ruidoso no rosto de alguém. Ele reconheceu a voz do Homem Invisível e percebeu que era a voz de um homem enfurecido por um golpe dolorido.

No momento seguinte, o Sr. Cuss estava de volta ao salão. "Ele está voltando, Bunting!", ele disse, apressando-se. "Salve-se!"

O Sr. Bunting estava em pé na janela empenhado em uma tentativa de vestir-se com o tapete da lareira e uma edição da Gazeta de West Surrey. "Quem está vindo?", ele disse, tão assustado que seu traje escapou por pouco de se desfazer.

"O Homem Invisível", disse Cuss, e correu até a janela. "É melhor sairmos daqui! Ele está louco de raiva! Louco!"

No momento seguinte, ele estava lá fora no quintal.

"Por Deus!", disse o Sr. Bunting, hesitando entre duas alternativas horríveis. Ele ouviu uma luta tenebrosa no corredor da pousada, e sua decisão foi tomada. Ele pulou para fora da janela, ajeitou seu traje rapidamente e fugiu em direção à vila o mais rápido que suas pequenas pernas gordas poderiam carregá-lo.

Desde o instante em que o Homem Invisível gritou de raiva e o Sr. Bunting fez sua corrida memorável em direção à vila, tornou-se impossível dar informações consecutivas sobre os assuntos em Iping. Possivelmente, a intenção original do Homem Invisível era apenas esconder a fuga de Marvel com as roupas e os livros. Mas sua paciência, que nunca foi muito boa, parecia ter sido completamente perdida por um golpe do acaso e ele imediatamente passou a golpear e a derrubar, pela simples satisfação de machucar.

Você deve imaginar a rua cheia de figuras em disparada, de portas batendo e lutas por esconderijos. Você deve imaginar o tumulto atingindo de repente o equilíbrio instável das placas do Velho Fletcher e as duas cadeiras — com resultados cataclísmicos. Você deve imaginar um casal horrorizado pego de surpresa em um balanço. E então, toda a correria tumultuosa passou e a rua de Iping com seus enfeites e bandeirinhas ficou deserta, exceto pelo oculto ainda irado, e repleta de cocos da barraquinha de tiro ao alvo, telas de lona jogadas e o estoque espalhado da barraca de doces. Por todo lado havia um som de janelas sendo fechadas e ferrolhos sendo empurrados, e a única humanidade visível era um eventual olho espiando embaixo de uma sobrancelha erguida no canto de uma vidraça.

O Homem Invisível divertiu-se por um tempo quebrando todas as janelas do Coach and Horses e, então, atirou um candeeiro da rua através da janela do salão da Sra. Gribble. Deve ter sido ele quem cortou o fio do telégrafo até Adderdean, logo depois da cabana de Higgins, na estrada de Adderdean. E depois daquilo, como suas qualidades peculiares lhe permitiam, ele se foi, completamente despercebido pela percepção humana. Não foi mais ouvido, nem visto, nem sentido em Iping. Ele desapareceu completamente.

Mas passaram-se quase duas horas até que qualquer ser humano se aventurasse a sair novamente para a desolação da rua de Iping.

Capítulo 13
O Sr. Marvel Discute Sua Demissão

Quando o anoitecer chegou e Iping estava mais uma vez começando a espiar apreensivamente na direção dos escombros despedaçados de seu feriado, um homem baixo e atarracado em uma cartola felpuda estava marchando dolorosamente através do crepúsculo pelo bosque de faias de Bramblehurst. Ele carregava três livros amarrados por algum tipo de ligadura elástica ornamental e um pacote embrulhado em uma toalha de mesa azul. Seu rosto rubicundo expressava consternação e fatiga. Ele parecia estar em uma espécie de pressa espasmódica. Estava acompanhado por uma voz além da dele próprio, e de tempos em tempos, estremecia sob o toque de mãos ocultas.

"Se você tentar escapar de mim de novo", disse a voz. "Se tentar escapar de mim de novo..."

"Senhor!", disse o Sr. Marvel. "Esse ombro já está cheio de hematomas."

"Pela minha honra", disse a voz, "vou matar você."

“Eu não tentei fugir”, disse o Sr. Marvel, com uma voz que não estava muito longe das lágrimas. “Eu juro que não tentei. Eu não sabia onde era a bendita esquina só isso! Como é que eu podia saber onde era a bendita esquina? Do jeito que as coisas estão, já fui derrubado...”

“Vai ser derrubado muitas outras vezes se não prestar atenção”, disse a voz e o Sr. Marvel ficou abruptamente quieto. Ele soprou pelas bochechas e seus olhos estavam eloquentes de desespero.

“Já é ruim o bastante deixar esses caipiras atrapalhados espalharem o meu segredinho sem você sair correndo com os meus livros. Foi uma sorte alguns deles terem saído correndo daquele jeito! Aqui estou eu... Ninguém sabia que eu era invisível! E agora o que vou fazer?”

“O que eu vou fazer?”, perguntou Marvel, em voz baixa.

“Acabou tudo. Vai sair no jornal! Todos vão procurar por mim; todos de sobreaviso...” A voz partiu-se em xingamentos vívidos e parou.

O desespero do rosto do Sr. Marvel aprofundou-se, e seus passos afrouxaram.

“Continue!”, disse a voz.

O rosto do Sr. Marvel assumiu uma coloração acinzentada entre as manchas avermelhadas.

“Não derrube esses livros, estúpido”, disse a voz, rudemente — ultrapassando-o.

“O fato é que”, disse a voz, “eu preciso arranjar uma utilidade para você... Você é um pobre tolo, mas preciso.”

“Sou um tolo miserável”, disse Marvel.

“É mesmo”, disse a voz.

“Sou a pior ferramenta que você poderia ter”, disse Marvel.

“Não sou forte”, ele disse depois de um silêncio desanimador.

"Não sou forte mesmo", ele repetiu.

"Não?"

"E meu coração é fraco. Aquele pequeno assunto... Eu fui até o fim, é claro... Mas, por Deus! Eu poderia ter deixado cair."

"E então?"

"Eu não tenho os nervos e a força para o tipo de coisa que você quer."

"Eu vou estimular você".

"Eu gostaria que não fizesse isso. Eu não gostaria de estragar os seus planos, sabe. Mas posso acabar fazendo isso... por puro pânico e desgraça."

"É melhor não fazer", disse a voz, com bastante ênfase.

"Eu queria estar morto", disse Marvel.

"Não é justo", ele disse, "você tem que admitir... Me parece que tenho pleno direito..."

"Vá em frente!", disse a voz.

O Sr. Marvel retomou o passo, e, por um tempo, eles ficaram em silêncio novamente.

"É terrivelmente difícil", disse o Sr. Marvel.

Aquilo foi bastante ineficaz. Ele tentou outra tática.

"O que eu ganho com isso?", ele começou de novo, em um tom de injustiça insuportável.

"Oh! Cale-se!", disse a voz, com um vigor súbito e surpreendente. "Vou cuidar de você. Faça o que eu estou mandando. Você vai se sair bem. Você é um tolo e tudo mais, mas vai servir..."

"Eu lhe digo, senhor. Não sou o homem para isso. Respeitosamente... mas é assim..."

"Se você não se calar, vou torcer seu pulso de novo", disse o Homem Invisível. "Quero pensar".

Naquele momento, dois retângulos de luz amarela apareceram através das árvores, e a torre quadrada de uma igreja pairou através do crepúsculo. "Vou manter minha mão no seu ombro", disse a voz, "pela vila inteira. Vá em frente e não tente nenhuma bobagem. Será pior para você se tentar."

"Eu sei disso", suspirou o Sr. Marvel, "sei de tudo isso".

A figura infeliz na cartola obsoleta passou pela rua da pequena vila com seus fardos e desapareceu na escuridão que se assomava além das luzes das janelas.

Capítulo 14
Em Port Stowe

Às dez horas da manhã seguinte, o Sr. Marvel estava com a barba por fazer, sujo e com os vestígios da viagem, sentado com os livros a seu lado e as mãos enterradas nos bolsos, parecendo muito cansado, nervoso e desconfortável, inflando suas bochechas a intervalos dispersos, no banco fora da pequena pousada nos arredores de Port Stowe. Ao lado dele estavam os livros, mas agora estavam amarrados com uma corda. O embrulho tinha sido abandonado no bosque de pinheiros perto de Bramblehurst, de acordo com uma mudança nos planos do Homem Invisível. O Sr. Marvel sentou-se no banco e, embora ninguém prestasse a menor atenção nele, sua agitação continuou febril. Suas mãos iam a todo instante até seus vários bolsos, tateando de um jeito curioso e nervoso.

Depois de estar sentado por quase uma hora, entretanto, um marinheiro idoso, carregando um jornal, saiu da pousada e sentou-se ao lado dele. "Belo dia", disse o marinheiro.

O Sr. Marvel olhou para ele com algo próximo do terror. "Muito", ele disse.

"Um clima ideal para essa época do ano", disse o marinheiro, sem aceitar recusas.

"Bastante", disse o Sr. Marvel.

O marinheiro arranjou um palito de dentes e (exceto pela sua observação) ficou entretido daquela forma por alguns minutos. Seus olhos, enquanto isso, estavam deliberadamente examinando a figura empoeirada do Sr. Marvel e os livros ao lado dele. Quando ele tinha se aproximado do Sr. Marvel, tinha ouvido um som como o de moedas caindo em um bolso. Ele ficou impressionado pelo contraste da aparência do Sr. Marvel com sua sugestão de opulência. Assim, sua mente vagou de volta para um tópico que tinha tomado posse de sua imaginação de um jeito curiosamente firme.

"Livros?", ele disse de repente, terminando ruidosamente com o palito de dentes.

O Sr. Marvel levou um susto e olhou para eles. "Oh, sim", ele disse. "Sim, são livros."

"Tem umas coisas extraordinárias nos livros", disse o marinheiro.

"Eu acredito em você", disse o Sr. Marvel.

"E algumas coisas extraordinárias fora deles", disse o marinheiro.

"Igualmente verdadeiro", disse o Sr. Marvel. Ele observou seu interlocutor e depois olhou em volta dele.

"Tem umas coisas extraordinárias nos jornais, por exemplo", disse o marinheiro.

"Tem mesmo".

"Neste jornal", disse o marinheiro.

"Ah!", disse o Sr. Marvel.

"Tem uma história", disse o marinheiro, fixando o Sr. Marvel com um olho que era firme e deliberado; "tem uma história sobre um Homem Invisível, por exemplo".

O Sr. Marvel entortou a boca, coçou a bochecha e sentiu suas orelhas queimando. "O que vão escrever depois disso?", ele perguntou vagamente. "Na Austrália ou na América?"

"Nenhuma das duas", disse o marinheiro. "Aqui."

"Senhor!", disse o Sr. Marvel, levando um susto.

"Quando eu disse aqui", disse o marinheiro, para imenso alívio do Sr. Marvel. "Claro que não quis dizer aqui neste lugar, quis dizer por estas bandas."

"Um Homem Invisível!", disse o Sr. Marvel. "E o que ele andou aprontando?"

"Tudo", disse o marinheiro, controlando Marvel com seu olho e depois aumentando, "todo — tipo — de coisa."

"Eu não vejo o jornal faz uns quatro dias", disse Marvel.

"Foi em Iping que ele começou", disse o marinheiro.

"Verdade!", disse o Sr. Marvel.

"Ele começou ali. E de onde ele vem, ninguém parece saber. Aqui está. 'História Peculiar em Iping'. E diz neste jornal que a evidência é extraordinariamente forte. Extraordinariamente."

"Senhor!", disse o Sr. Marvel.

"Mas, enfim, é uma história extraordinária. Tem um clérigo e um médico como testemunhas... Viram tudo direitinho... Ou, pelo menos não viram o homem. Ele estava ficando, dizem, no Coach and Horses, e ninguém parecia saber de sua desgraça, até uma confusão na pousada, dizem, em que as bandagens da cabeça dele se rasgaram. Então, perceberam que a cabeça dele era invisível. Tentaram prendê-lo imediatamente, mas tirando a roupa, dizem, ele conseguiu escapar, mas não antes de uma luta desesperada, na qual ele causou sérios danos, dizem, em nosso valioso e capaz policial, Sr. J.A. Jaffers. História bem direta, hein? Com nomes e tudo."

"Senhor!", disse o Sr. Marvel, olhando nervosamente ao redor, tentando contar o dinheiro em seus bolsos com seu tato desamparado e cheio de uma estranha e nova ideia. "Parece espantoso."

"Não parece? Extraordinário, eu digo. Nunca ouvi falar de Homens Invisíveis antes, não mesmo, mas hoje em dia a gente ouve cada coisa extraordinária que..."

"Foi tudo que ele fez?", perguntou Marvel, tentando parecer calmo.

"É suficiente, não é?", disse o marinheiro.

"Não voltou, por acaso?", perguntou Marvel. "Apenas escapou e isso é tudo, é?"

"Tudo!", disse o marinheiro. "Ora! Não é suficiente?"

"Bastante suficiente", disse Marvel.

"Eu creio que foi suficiente", disse o marinheiro. "Eu creio que foi suficiente".

"Ele não tinha nenhum companheiro... Não diz que ele tinha companheiros, diz?", perguntou o Sr. Marvel, ansioso.

"Um não é suficiente para você?", perguntou o marinheiro. "Não, graças a Deus, como se pode dizer, ele não tinha."

Ele assentiu lentamente. "Me deixa bastante desconfortável, o simples pensamento daquele homem correndo por aí! Ele está solto agora e de acordo com certas evidências supõe-se que ele está tomando... já tomou, eu imagino que eles estejam querendo dizer... a estrada para Port Stowe. Veja, estamos nela! Nenhuma maravilha das Américas, desta vez. E apenas pense nas coisas que ele pode fazer! Para onde você iria, se ele tivesse bebido por aí e quisesse ir atrás de você? Imagine que ele queira roubar — quem pode impedi-lo? Ele pode invadir, pode roubar, poderia andar através de uma fila de policiais tão facilmente quanto eu ou você poderíamos fugir de um homem cego! Mais fácil ainda! Pois esses homens cegos escutam assustadoramente bem, já ouvi dizer. E onde quer que houvesse bebida que ele desejasse..."

"Ele tem uma tremenda vantagem, certamente", disse o Sr. Marvel. "E, bem..."

"Você está certo", disse o marinheiro. "Ele tem."

Durante todo aquele tempo, o Sr. Marvel ficou olhando ao redor intensamente, tentando escutar passos leves, tentando detectar movimentos imperceptíveis. Ele parecia estar a ponto de tomar alguma grande resolução. Ele tossiu por trás da mão.

Ele olhou ao redor novamente, escutou, curvou-se em direção ao marinheiro e abaixou a voz: "Acontece que eu sei uma ou duas coisas sobre esse Homem Invisível. De fontes particulares."

"Oh!", disse o marinheiro, interessado. "Você?"

"Sim", disse o Sr. Marvel. "Eu."

"Não diga!", disse o marinheiro. "E posso perguntar —"

"Você ficaria espantado", disse o Sr. Marvel por trás da mão. "É tremendo."

"Não diga!", disse o marinheiro.

"O fato é que", começou o Sr. Marvel ansiosamente em um tom baixo e confidencial. De repente, sua expressão mudou incrivelmente. "Ai!", ele disse. Ele ergueu-se rigidamente em seu assento. Seu rosto estava eloquente com um sofrimento físico. "Uau!", ele disse.

"O que houve?", disse o marinheiro, preocupado.

"Dor de dente", disse o Sr. Marvel e colocou a mão no ouvido. Ele pegou seus livros. "Acho que preciso ir", ele disse. Ele contornou de um jeito curioso o banco para longe de seu interlocutor.

"Mas você estava prestes a me contar sobre esse Homem Invisível!", protestou o marinheiro. O Sr. Marvel parece consultar-se consigo mesmo. "Farsa", disse a voz. "É uma farsa", disse o Sr. Marvel.

"Mas está no jornal", disse o marinheiro.

"Ainda assim é uma farsa", disse Marvel. "Eu conheço o homem que começou a mentira. Não existe Homem Invisível nenhum, puxa vida."

"Mas e esse jornal? Você quis dizer -?"

"Nem uma palavra", disse Marvel, resolutamente.

O marinheiro ficou encarando com o jornal na mão. O Sr. Marvel deu meia-volta de um jeito espasmódico. "Espere um pouco", disse o marinheiro, levantando-se e falando lentamente "Você quer dizer que...?"

"Quero", disse o Sr. Marvel.

"Então, por que me deixou continuar contando toda essa porcaria? O que está querendo fazer, deixando um homem fazer papel de tolo desse jeito? Hein?"

O Sr. Marvel soprou pelas bochechas. O marinheiro de repente ficou mesmo muito vermelho e cerrou os punhos. "Eu fiquei falando aqui por uns dez minutos", ele disse, "e você, seu pançudo, de cara enrugada, filho de uma mãe, não podia ter tido a decência..."

"Não venha querer atirar palavras em mim", disse o Sr. Marvel.

"Atirar palavras! Eu tenho uma cabeça muito boa..."

"Vamos", disse a voz e o Sr. Marvel foi subitamente girado e começou a marchar para longe de uma maneira curiosa e espasmódica. "É melhor seguir em frente", disse o marinheiro. "Quem está seguindo em frente?", disse o Sr. Marvel. Ele estava recuando obliquamente com um passo curiosamente apressado, com violentos espasmos ocasionais para frente. Em algum momento pela estrada ele começou a balbuciar um monólogo, com protestos e recriminações.

“Pobre diabo!”, disse o marinheiro, com as pernas afastadas, cotovelos na cintura, assistindo a figura que recuava. “Vou lhe mostrar, seu imbecil... Farsa, para cima de mim! Está aqui, no jornal!”

O Sr. Marvel retrucou incoerentemente e, recuando, foi escondido por uma curva na estrada, mas o marinheiro fico em pé, magnificamente, no meio do caminho, até a carroça do açougueiro se aproximar e deslocá-lo. Então, ele virou-se em direção a Port Stowe. “Cheio de imbecis extraordinários”, ele disse suavemente para si mesmo. “Apenas para tentar me derrubar... Essa foi uma brincadeira idiota. Está no jornal!”

E houve outra coisa extraordinária que ele ouviu, que tinha acontecido bem perto dele. E essa foi a visão de um “punhado de dinheiro” (nada menos) viajando sem agente visível, ao longo do muro da esquina de St. Michael’s Lane. Um irmão marinheiro tinha tido aquela visão maravilhosa naquela mesma manhã. Ele tinha tentado apanhar o dinheiro e tinha sido derrubado de ponta-cabeça. Quando ficou em pé, o dinheiro mágico tinha desaparecido. Nosso marinheiro estava propenso a acreditar em qualquer coisa, ele declarou, mas aquilo era demais. Mais tarde, entretanto, ele começou a pensar no assunto.

A história do dinheiro voador era verdadeira. E por toda a vizinhança, até mesmo da augusta London and Country Banking Company, dos caixas das lojas e pousadas — portas completamente abertas naquele clima ensolarado — dinheiro tinha sido silenciosa e habilmente retirado em punhados e rolos, flutuando calmamente pelos muros e sombras, desviando rapidamente dos olhos dos homens que se aproximavam. E tinha invariavelmente acabado, embora nenhum homem o tivesse rastreado, em um voo misterioso para o bolso daquele agitado cavalheiro com a cartola felpuda obsoleta, sentado do lado de fora da pequena pousada nos arredores de Port Stowe.

Foi apenas dez dias depois — e certamente apenas depois de a história de Burdock já ter se tornado velha — que o marinheiro compilou esses fatos e começou a entender quão próximo ele tinha estado do maravilhoso Homem Invisível.

Capítulo 15
O Homem que Estava Correndo

No início da noite, o Dr. Kemp estava sentado em sua sala de estudo no terraço da colina acima de Burdock. Era uma sala pequena e agradável com três janelas — norte, oeste e sul — e prateleiras cobertas de livros e publicações científicas, uma escrivaninha ampla e, embaixo da janela norte, um microscópio, pedaços de vidro, instrumentos pequenos, algumas amostras e garrafas de reagentes espalhadas. A lamparina do Dr. Kemp estava acesa, apesar de o céu ainda estar brilhando com a luz do pôr do sol e suas persianas estarem abertas, pois não havia nenhum risco de estranhos bisbilhotando que tornasse necessário fechá-las. O Dr. Kemp era um jovem homem alto e esbelto, com cabelo sedoso e um bigode quase branco. E o trabalho que ele estava realizando lhe renderia, ele esperava, uma associação à Sociedade Real, pela qual ele tinha tanta consideração.

E seus olhos, naquele momento perambulando pelo seu trabalho, viram o pôr do sol ardendo por trás da colina acima da dele. Por um minuto, talvez, ele sentou-se, com a caneta na boca, admirando a rica cor dourada sobre o pico, e, então, sua atenção foi atraída pela pequena figura de um homem, preto como tinta, correndo pela colina na direção dele. Ele era um homenzinho baixo, usava um chapéu alto e estava correndo tão rápido que suas pernas chegavam a cintilar.

"Outro desses tolos", disse o Dr. Kemp. "Como aquele imbecil que passou por mim hoje de manhã na esquina falando 'O Homem Invisível está vindo, senhor!' Não posso imaginar o que toma conta das pessoas. Alguém poderia pensar que estamos no século treze."

Ele levantou-se, foi até a janela e encarou a colina escura e a pequena e escura figura que estava descendo. "Ele parece estar numa pressa absurda", disse o Dr. Kemp, "mas não parece estar fazendo muito progresso. Se seus bolsos estivessem cheios de chumbo, ele não poderia andar mais devagar."

"Tome um impulso, senhor", disse o Dr. Kemp.

No momento seguinte, a mais alta das moradias que tinha escalado até o topo da colina de Burdock ocultou a figura que corria. Ele ficou visível de novo por um momento, e de novo, e depois de novo, três vezes entre as três casas que vieram a seguir e, por fim, uma sacada o escondeu.

"Imbecis!", disse o Dr. Kemp, girando nos tornozelos e voltando à sua escrivaninha.

Mas aqueles que viram o fugitivo de perto e perceberam o terror miserável em seu rosto suado, estando eles próprios na estrada aberta, não compartilharam do desprezo do doutor. O homem sofria e, conforme corria, tilintava como uma bolsa cheia jogada de um lado para o outro. Ele não olhava nem para a direita, nem para a esquerda, mas seus olhos dilatados estavam focados na descida, onde as lamparinas estavam sendo acesas e as pessoas estavam aglomeradas na rua. Sua boca torta abriu-se, havia uma espuma leitosa em seus lábios e sua respiração estava rouca e ruidosa. Todos pelos quais ele passou pararam e começaram a olhar para cima e para baixo da estrada, questionando uns aos outros com um pressentimento desconfortável sobre a razão de sua pressa.

E naquele momento, bem acima da colina, um cachorro brincando na estrada ganiu e correu para baixo de um portão. E eles ainda se questionaram sobre algo — um vento, um "pá, pá, pá" — um som como uma respiração ofegante, passando rapidamente.

As pessoas gritaram. As pessoas saltaram para fora da calçada. Aquilo passou gritando, passou por instinto colina abaixo. Elas estavam gritando na estrada antes de Marvel estar na metade do caminho. Elas estavam fugindo para suas casas e batendo as portas atrás de si com as notícias. Elas tinham ouvido e feito uma última tentativa desesperada. O medo veio de prontidão, apressando-se à frente dele, e logo tomou conta da cidade.

"O Homem Invisível está vindo! O Homem Invisível!"

Capítulo 16
No Jolly Cricketers

O Jolly Cricketers é bem no pé da colina, onde as linhas do bonde começam. O barman apoiou seus braços vermelhos e gordos no balcão e falou sobre cavalos com um cocheiro anêmico, enquanto um homem de barba negra e vestido de cinza abocanhava biscoitos e queijo, bebia Burton e conversava em inglês americano com um policial de folga.

"Por que essa gritaria?!", disse o cocheiro anêmico, saindo pela tangente, tentando ver acima da colina através da cortina amarela e suja da janela baixa da pousada. Alguém correu lá fora. "Fogo, talvez", disse o barman.

Passos aproximaram-se, correndo pesadamente. A porta foi aberta violentamente e Marvel, em prantos e desgrenhado, sem seu chapéu, a gola do casaco rasgada, correu para dentro, deu uma volta convulsiva e tentou fechar a porta. Ela foi mantida entreaberta por uma corrente.

"Está vindo!", ele berrou, sua voz tremendo de terror. "Ele está vindo. O Homem Invisível! Atrás de mim! Pelo amor de Deus! Socorro! Socorro! Socorro!"

"Fechem as portas", disse o policial. "Quem está vindo? O que está acontecendo?"Ele foi até a porta, soltou a corrente e ela bateu. O americano fechou a outra porta.

"Me deixe entrar", disse Marvel, cambaleando e choramingando, mas ainda segurando os livros. "Me deixe entrar. Me tranque em — algum lugar. Eu estou dizendo que ele está atrás de mim. Eu escapei dele. Ele disse que me mataria e vai matar."

"Você está seguro", disse o homem com a barba negra. "A porta está fechada. O que está acontecendo?"

"Me deixe entrar", disse Marvel e berrou ao mesmo tempo em que um golpe de repente fez a porta estremecer e foi seguido por batidas apressadas e um grito lá fora. "Olá", chamou o policial, "quem está aí?"O Sr. Marvel começou a se arremessar freneticamente nos painéis que se pareciam com portas. "Ele vai me matar! Ele tem uma faca ou coisa assim. Pelo amor de Deus...!"

"Aqui está", disse o barman. "Venha aqui." E ele levantou a tampa do balcão.

O Sr. Marvel correu para trás do balcão enquanto a intimação lá fora se repetia. "Não abra a porta", ele gritou. "Por favor, não abra a porta. Onde eu vou me esconder?"

"Esse, esse é o Homem Invisível, então?", perguntou o homem com a barba negra, com uma mão atrás dele. "Imagino que já estava na hora de o vermos."

A janela da pousada foi subitamente despedaçada e houve gritos e correria acima e abaixo na rua. O policial tinha ficado em pé no sofá, olhando para fora, esticando-se para ver quem estava na porta. Ele desceu com as sobrancelhas erguidas. "É isso", ele disse. O barman ficou na frente da porta do salão do bar, que agora estava trancada por causa do Sr. Marvel, olhou para a janela estilhaçada e foi para perto dos outros dois homens.

Tudo ficou silencioso de repente. "Eu gostaria de ter meu cassetete", disse o policial, indo irresolutamente até a porta. "Uma vez que nós abrirmos, ele entra. Não há nada para pará-lo."

"Não fique com muita pressa para abrir essa porta", disse o cocheiro anêmico, ansiosamente.

"Abra os ferrolhos", disse o homem com a barba negra, "e se ele vier...". Ele mostrou um revólver na sua mão.

"Isso não vai dar certo", disse o policial, "isso é assassinato".

"Eu sei em que país estou", disse o homem de barba. "Eu vou atirar nas pernas dele. Abra os ferrolhos."

"Não com essa coisa podendo disparar atrás de mim", disse o barman, esticando-se por cima da cortina.

"Muito bem", disse o homem com a barba negra e, descendo, com o revólver de prontidão, abriu os ferrolhos ele mesmo. O barman, o cocheiro e o policial ficaram encarando.

"Entre", disse o homem de barba, em voz baixa, indo para trás e encarando as portas destrancadas com a pistola atrás dele. Ninguém entrou, a porta permaneceu fechada. Cinco minutos depois, quando um segundo cocheiro colocou a cabeça para dentro, cautelosamente, eles ainda estavam esperando, e um rosto ansioso espiou para fora do salão do bar e forneceu informações. "Todas as portas da casa estão fechadas?", perguntou Marvel. "Ele está dando a volta... rondando. Ele é cheio de artimanhas como o diabo."

"Senhor!", disse o corpulento barman. "Ele está nos fundos! Fiquem de olho nas portas! Estou dizendo...!". Ele olhou ao redor, impotente. A porta do salão do bar bateu e eles ouviram a chave virar. "Tem a porta do quintal e a porta privativa. A porta do quintal..." Ele correu para fora do bar.

Em um minuto, ele reapareceu com uma faca de trinchar na mão. "A porta do quintal estava aberta!", ele disse e seu lábio gordo afrouxou. "Ele pode estar na casa agora!", disse o primeiro cocheiro.

"Ele não está na cozinha", disse o barman. "Tem duas mulheres lá e eu cutuquei todos os cantos de lá com este cortador de carne aqui. Elas não acham que ele entrou. Elas não perceberam..."

"Você trancou?", perguntou o primeiro cocheiro.

"Eu não sou idiota", disse o barman.

O homem de barba reposicionou seu revólver. E, enquanto ele fazia aquilo, a tampa do bar foi fechada e o ferrolho fez um clique. Então, com uma tremenda pancada, a trinca da porta partiu-se e a porta do salão do bar foi escancarada. Eles ouviram o Sr. Marvel guinchar como uma lebre capturada e imediatamente pularam por cima do bar para resgatá-lo. O revólver do homem de barba disparou, o espelho no fundo do salão foi atingido, despedaçou-se e caiu tinindo.

Quando o barman estava entrando no salão, ele viu Marvel, curiosamente contorcido e lutando com a porta que dava para o quintal e a cozinha. A porta abriu-se enquanto o barman hesitava, e Marvel foi arrastado até a cozinha. Houve um grito e um ruído de panelas. Marvel, de cabeça baixa e se arrastando para trás obstinadamente, foi forçado até a porta da cozinha e os ferrolhos foram abertos.

Então, o policial, que estava tentando passar pelo barman, correu para dentro, seguido por um dos cocheiros, agarrou o pulso de uma mão invisível que segurava Marvel, foi atingido no rosto e cambaleou para trás. A porta abriu-se e Marvel fez um esforço frenético para conseguir proteção atrás dela. Depois, o cocheiro agarrou algo. "Eu o peguei", disse o cocheiro. As mãos vermelhas do barman passaram arranhando o oculto. "Aqui está ele!", disse o barman.

O Sr. Marvel, solto, de repente caiu no chão e tentou engatinhar atrás das pernas dos homens que brigavam. A luta foi tropeçando até a beira da porta. A voz do Homem Invisível foi ouvida pela primeira vez, gritando agudamente, quando o policial pisou em seu pé. Então, ele berrou apaixonadamente e seus punhos voaram em volta dele como manguais. O cocheiro, de repente, gritou e dobrou-se, chutado embaixo do diafragma. A porta para dentro do salão do bar, vindo da cozinha, bateu e escondeu a retirada do Sr. Marvel. Os homens na cozinha viram-se agarrando e lutando contra o ar.

"Aonde ele foi?", exclamou o homem de barba. "Saiu?"

"Por aqui", disse o policial, indo para o quintal e parando.

Um pedaço de telha passou zumbindo pela sua orelha e partiu-se no meio da louça da mesa da cozinha.

"Vou mostrar a ele", gritou o homem com a barba negra e de repente um tambor de aço brilhou sobre o ombro do policial, e cinco balas seguiram-se para dentro do anoitecer de onde o míssil tinha vindo. Enquanto ele atirava, o homem de barba moveu sua mão em uma curva horizontal, para que seus tiros cobrissem o quintal estreito como os aros de uma roda.

Um silêncio se seguiu. "Cinco cartuchos", disse o homem com a barba negra. "Isso é o melhor de tudo. Quatro ases e um coringa. Pegue uma lanterna, alguém, e venham comigo tentar encontrar o corpo dele."

Capítulo 17

O Visitante do Dr. Kemp

O Dr. Kemp tinha continuado a escrever em sua sala de estudo até que os tiros o fizeram levantar. Craque, craque, craque, eles vieram um depois do outro.

"Olá!", disse o Dr. Kemp, colocando sua caneta na boca de novo e escutando. "Quem está disparando revólveres em Burdock? O que os imbecis estão aprontando agora?"

Ele foi até a janela sul, abriu-a, e, inclinando-se para fora, encarou a rede de janelas, o jogo de lamparinas a gás e as lojas, com seus interstícios escuros de telhados e quintais que compunham a cidade à noite. "Parece que tem uma multidão no pé da colina", ele disse, "perto do Cricketers", e continuou observando. De lá, seus olhos vagaram até a cidade mais adiante, onde as luzes dos navios brilhavam e o píer cintilava — um pequeno pavilhão iluminado, facetado como uma joia de luz amarela. A lua, em seu quarto crescente, estava pendurada sobre a colina, na direção oeste, e as estrelas estavam límpidas e quase tropicalmente brilhantes.

Depois de cinco minutos, durante os quais sua mente tinha viajado para uma especulação remota sobre as condições sociais do futuro, e perdeu-se, enfim, sobre a dimensão do tempo, o Dr. Kemper despertou com um suspiro, fechou a janela novamente e retornou à sua escrivaninha.

Cerca de uma hora devia ter se passado quando a campainha da porta de entrada tocou. Ele tinha escrito lentamente e com intervalos de abstração, desde os tiros. Ele sentou-se escutando. Ouviu a criada abrindo a porta e esperou seus pés na escadaria, mas ela não veio. "O que será que foi aquilo?", disse o Dr. Kemp.

Ele tentou continuar seu trabalho, falhou, levantou, desceu da sala de estudos para o patamar, chamou a criada por cima do corrimão quando ela surgiu no corredor abaixo. "Era uma carta?", ele perguntou.

"Alguém tocou e saiu correndo, senhor", ela respondeu.

"Estou desassossegado hoje à noite", ele disse para si mesmo. Voltou à sua sala de estudo, e, daquela vez, encarou seu trabalho resolutamente. Em poucos instantes ele estava trabalhando com afinco novamente, e os únicos sons na sala eram o tique-taque do relógio e a estridência submissa de sua pena, apressando-se no centro do círculo de luz que sua lamparina lançava sobre a escrivaninha.

Já eram duas horas quando o Dr. Kemp terminou seu trabalho naquela noite. Ele se levantou, bocejou e desceu para a cama. Ele já tinha tirado o casaco e o colete quando se deu conta de que estava com sede. Pegou uma vela e desceu até a sala de jantar em busca de um sifão e whiskey.

As buscas científicas do Dr. Kemp tinham-no transformado em um homem muito observador, e, quando atravessou o corredor novamente, ele notou uma mancha escura no linóleo perto do tapete ao pé da escada. Ele subiu e depois lhe ocorreu, subitamente, de perguntar a si mesmo o que a mancha no linóleo poderia ser. Aparentemente, algum elemento inconsciente estava trabalhando. De qualquer forma, virou-se com sua carga, desceu até o corredor, pousou o sifão e o whiskey e, curvando-se, tocou a mancha. Sem nenhuma grande surpresa, ele descobriu que tinha a viscosidade e a cor de sangue seco.

Ele pegou sua carga novamente e voltou para cima, olhando ao redor e tentando explicar a mancha de sangue. No patamar, viu algo e parou estupefato. A maçaneta de sua porta estava manchada de sangue.

Ele olhou para sua própria mão. Ela estava bem limpa e, então, ele se lembrou de que a porta de seu quarto estava aberta quando tinha descido da sala de estudo, e que, consequentemente, ele não tinha tocado a maçaneta de jeito nenhum. Ele foi direto para seu quarto, seu rosto bastante calmo — talvez um pouco mais resolutamente do que o normal. Seu olhar vagou inquisitivamente e recaiu sobre a cama. Na colcha, havia uma bagunça de sangue e o lençol tinha sido rasgado. Ele não tinha notado aquilo antes porque ele tinha andado direto para a cômoda. Do outro lado, a roupa de cama estava amassada como se alguém tivesse se sentado lá recentemente.

Então, ele teve uma impressão esquisita de ter ouvido uma voz baixa dizer "Deus do céu! Kemp!"O Dr. Kemp, porém, não acreditava em vozes.

Ele ficou encarando os lençóis esparramados. Aquilo era mesmo uma voz? Ele olhou em volta de novo, mas não notou nada além da desordem e da cama manchada de sangue. Então, ouviu distintamente um movimento do outro lado do quarto, perto do lavatório. Todos os homens, embora altamente educados, mantêm alguns pressentimentos supersticiosos. Um sentimento que costumamos chamar de "arrepiante" veio até ele. Ele fechou a porta do quarto, aproximou-se da cômoda e pousou sua carga. De repente, com um susto, percebeu uma bandagem de tiras de linho, enrolada e manchada de sangue, pendurada em pleno ar, entre ele e o lavatório.

Ele encarou aquilo com assombro. Era uma bandagem vazia, uma bandagem devidamente amarrada, mas bastante vazia. Ele teria avançado para agarrá-la, mas um toque o impediu e uma voz falou bem perto dele.

"Kemp!", disse a voz.

"Hein?", disse Kemp, com a boca aberta.

"Acalme os nervos", disse a voz. "Sou um Homem Invisível".

Kemp não respondeu nada por um instante, apenas encarou a bandagem. "Homem Invisível", ele disse.

"Sou um Homem Invisível", repetiu a voz.

A história que ele tinha ativamente ridicularizado naquela mesma manhã passou rapidamente pelo cérebro de Kemp. Ele não parecia estar muito assustado ou muito surpreso naquele momento. A compreensão veio mais tarde.

"Eu pensei que fosse tudo mentira", ele disse. O primeiro pensamento em sua mente foi sobre os argumentos reiterados da manhã. "Você está usando a bandagem?", ele disse.

"Sim", disse o Homem Invisível.

"Oh!", disse Kemp e depois despertou. "Não diga!", ele disse. "Mas isso não faz sentido. É algum truque." Ele deu um passo à frente de repente e sua mão, estendida em direção à bandagem, encontrou dedos invisíveis.

Ele recuou ao toque e sua tonalidade mudou.

"Fique firme, Kemp, pelo amor de Deus! Eu preciso mesmo de ajuda. Pare!"

A mão agarrou seu braço. Ele bateu nela.

"Kemp!", exclamou a voz. "Kemp! Fique firme!", e o aperto aumentou.

Um desejo frenético de libertar-se tomou posse de Kemp. A mão com o braço enfaixado agarrou seu ombro e, de repente, ele tropeçou e foi atirado para trás, em cima da cama. Ele abriu a boca para gritar e o canto do lençol foi enfiado no meio de seus dentes. O Homem Invisível o tinha prendido firmemente, mas seus braços estavam livres e ele bateu e tentou chutar ferozmente.

"Escute a voz da razão, está certo?", disse o Homem Invisível, grudado nele apesar dos golpes na costela. "Por Deus! Você vai me enlouquecer em um minuto! Fique quieto, seu tolo!", berrou o Homem Invisível na orelha de Kemp.

Kemp lutou por mais um instante e depois ficou quieto.

"Se gritar, vou espancar a sua cara", disse o Homem Invisível, soltando sua boca.

"Eu sou um Homem Invisível. Não é tolice e não é mágica. Eu sou mesmo um Homem Invisível. E quero sua ajuda. Não quero machucar você, mas se você se comportar como um caipira frenético, vai ser necessário. Não se lembra de mim, Kemp? Griffin, da University College?"

"Me deixe levantar", disse Kemp. "Vou ficar parado onde estou. E me deixe sentar quieto por um minuto."

Ele sentou-se e apalpou o pescoço.

"Sou Griffin da University College e me tornei invisível. Eu sou apenas um homem comum. Um homem que você conheceu... que ficou invisível."

"Griffin?", disse Kemp.

"Griffin", respondeu a voz. Um aluno mais novo do que você, quase albino, de um metro e oitenta e largo, de rosto branco e rosado e olhos vermelhos, que ganhou a medalha de química."

"Estou confuso", disse Kemp. "Meu cérebro está tumultuado. O que isso tem a ver com Griffin?"

"Eu sou Griffin."

Kemp pensou. "É horrível", ele disse. "Mas que bruxaria precisa acontecer para tornar um homem invisível?"

"Não é bruxaria. É um processo, bastante são e inteligível..."

"É horrível!", disse Kemp. "Como é possível...?"

"É bastante horrível. Mas estou ferido, com dor e cansado... Bom Deus! Kemp, você é um homem. Fique firme. Me dê um pouco de comida e bebida e me deixe sentar aqui."

Kemp encarou a bandagem enquanto ela se movia pelo quarto e, então, viu uma cadeira de vime ser arrastada pelo chão e vir até perto da cama. Ela rangeu e o assentou ficou amassado por mais ou menos meio centímetro. Ele esfregou os olhos e apalpou o pescoço de novo. "Isso é melhor que fantasmas", ele disse e riu estupidamente.

"Assim é melhor. Graças a Deus, você está ficando sensato!"

"Ou idiota", disse Kemp e coçou os olhos.

"Me dê um pouco de whiskey. Estou quase morto."

"Eu não senti isso. Onde você está? Se eu me levantar, vou tropeçar em você? Aqui! Tudo bem. Whiskey? Aqui. Onde eu devo lhe entregar?"

A cadeira rangeu e Kemp sentiu o copo ser levado para longe dele. Ele o deixou ir com esforço, seu instinto era completamente contra aquilo. O copo pousou a cinquenta centímetros acima da beirada do assento da cadeira. Ele encarou aquilo com uma perplexidade infinita. "Isso é... Deve ser... hipnose. Você sugeriu que é invisível."

"Bobagem", disse a voz.

"É absurdo."

"Escute aqui".

"Eu demonstrei conclusivamente hoje de manhã", começou Kemp, "que a invisibilidade..."

"Deixe para lá o que você demonstrou! Estou faminto", disse a voz, "e a noite está fria para um homem sem roupas."

"Comida?", disse Kemp.

O copo de whiskey virou-se sozinho. "Sim", disse o Homem Invisível, pousando o copo. "Você tem um roupão?"

Kemp soltou uma exclamação em um tom baixo. Ele andou até um guarda-roupa e arranjou um robe vermelho escuro. "Isso serve?", ele perguntou. Foi tomado dele. Ficou pendurado frouxo em pleno ar, flutuou estranhamente, encheu-se e abotoou-se decorosamente, sentando-se em sua cadeira. "Cuecas, meias, chinelos seriam um conforto", disse o Oculto, brevemente. "E comida."

"Qualquer coisa. Mas esta é a coisa mais insana em que eu já me meti na minha vida!"

Ele revirou suas gavetas em busca dos artigos, e depois desceu para saquear sua despensa. Ele voltou com algumas costeletas frias e pão, puxou uma mesa leve e a colocou diante de seu convidado. "Não preciso de faca", disse seu visitante e uma costeleta ficou pendurada no ar, com o som de mordidas.

"Invisível!", disse Kemp e sentou-se em uma cadeira do quarto.

"Eu sempre gosto de vestir alguma coisa antes de comer", disse o Invisível, com a boca cheia, comendo avidamente. "Mania esquisita!"

"Imagino que esse pulso esteja bom", disse Kemp.

"Pode apostar", disse o Homem Invisível.

"De todas as coisas estranhas e absurdas..."

"Exatamente. Mas é estranho eu vir parar na sua casa para cuidar dos meus ferimentos. Meu primeiro golpe de sorte! De qualquer forma, eu queria dormir nesta casa hoje. Você vai ter que suportar isso! É um aborrecimento imundo, o meu sangue aparecendo, não é? Um belo coágulo ali. Fica visível quando coagula, posso ver. Foi apenas o tecido vivo que eu mudei, e apenas enquanto eu estiver vivo... eu estou nessa casa há três horas."

"Mas como se faz?", começou Kemp em um tom exasperado. "Que confusão! Todo o negócio... é irracional do começo ao fim."

"Bastante racional", disse o Homem Invisível. "Perfeitamente racional."

Ele alcançou e segurou a garrafa de whiskey. Kemp encarou o roupão devorador. Um raio de luz da vela, penetrando um pedaço cortado do ombro direito, fazia um triângulo de luz embaixo das costelas esquerdas. "O que foram os tiros?", ele perguntou. "Como o tiroteio começou?"

"Foi um grande tolo... Uma espécie de cúmplice meu... Maldito seja! Que tentou roubar o meu dinheiro. Que roubou meu dinheiro."

"Ele é invisível também?"

"Não."

"E então?"

"Não posso comer um pouco mais antes de lhe contar tudo isso? Estou com fome... com dor. E você quer que eu conte histórias!"

Kemp se levantou. "Você não atirou em ninguém?", ele perguntou.

"Eu não", disse seu visitante. "Algum idiota que eu nunca vi saiu atirando a esmo. Muitos deles ficaram com medo. Todos eles ficaram com medo de mim. Malditos sejam! Digo... Quero mais do que isso para comer, Kemp."

"Vou ver o que tem para comer lá embaixo", disse Kemp. "Não deve ter muito, eu receio."

Depois que tinha acabado de comer — e ele fez uma refeição bem farta — o Homem Invisível exigiu um charuto. Ele mordeu a ponta ferozmente antes que Kemp pudesse encontrar uma faca, e praguejou quando a folha externa afrouxou. Era estranho vê-lo fumar. Sua boca, garganta, faringe e narinas tornavam-se visíveis como uma forma de sombra esfumaçada e rodopiante.

"A abençoada dádiva de fumar!", ele disse e soprou vigorosamente. "Tenho sorte de ter encontrado você, Kemp. Você tem que me ajudar. Imagine só, encontrar você bem agora! Estou numa confusão dos diabos... Fiquei louco, eu acho. As coisas pelas quais eu passei! Mas ainda vamos fazer coisas. Deixe eu lhe contar..." Ele serviu-se de mais whiskey e soda. Kemp levantou-se, olhou a seu redor e pegou um copo do quarto de hóspedes. "É insano... Mas imagino que eu possa beber."

"Você não mudou muito, Kemp, nesses doze anos. Os bons homens não mudam. Calmos e metódicos... depois do primeiro colapso. Devo lhe dizer. Nós vamos trabalhar juntos!"

"Mas como tudo isso foi feito?", disse Kemp, "E como você ficou assim?"

"Pelo amor de Deus, me deixe fumar em paz um pouquinho! E aí vou começar a lhe contar."

Mas a história não foi contada naquela noite. O pulso do Homem Invisível estava ficando muito dolorido. Ele estava febril, exausto e sua mente começou a meditar sobre sua perseguição pela colina abaixo e sobre a luta na pousada. Ele falou em fragmentos sobre Marvel, fumou mais rápido, sua voz ficou irritada. Kemp tentou coletar o que podia.

"Ele estava com medo de mim. Eu podia ver que ele estava com medo de mim", disse o Homem Invisível muitas vezes. "Ele quis escapar de mim... Ele estava sempre saindo por aí!

Que tolo eu fui! O ingrato! Eu devia tê-lo matado!"

"Onde você conseguiu o dinheiro?", perguntou Kemp, abruptamente.

O Homem Invisível ficou silencioso por um tempo. "Não posso lhe contar hoje", ele disse.

Ele gemeu de repente e se curvou para a frente, apoiando sua cabeça invisível em mãos invisíveis. "Kemp", ele disse, "Eu não durmo há quase três dias, exceto por uns cochilos de uma hora ou mais. Eu preciso dormir logo."

"Bem, fique com o meu quarto. Fique com este quarto."

"Mas como posso dormir? Se eu dormir... ele vai fugir. Arre! O que importa?"

"O que foi essa ferida de tiro?", perguntou Kemp, abruptamente.

"Nada... Um arranhão e um pouco de sangue. Oh, Deus, como quero dormir!"

"Por que não?"

O Homem Invisível pareceu estar analisando Kemp. "Porque me oponho particularmente a ser capturado pelos meus semelhantes", ele disse lentamente.

Kemp tomou um susto.

"Que tolo eu sou!", disse o Homem Invisível, batendo na mesa sabiamente. "Coloquei a ideia na sua cabeça."

Capítulo 18
O Homem Invisível Dorme

Apesar de exausto e ferido como o Homem Invisível estava, ele recusou-se a aceitar a palavra de Kemp de que sua liberdade seria respeitada. Ele examinou as duas janelas do quarto, levantou as persianas e abriu as cortinas, para confirmar a declaração de Kemp de que uma fuga por elas seria possível. Lá fora, a noite estava muito calma e silenciosa e a lua nova estava sobre a colina. Então, ele examinou as chaves do quarto e as duas portas do quarto de vestir para satisfazer-se de que elas também poderiam garantir sua liberdade. Finalmente, ele deu-se por satisfeito. Ficou em pé em cima do tapete da lareira e Kemp ouviu o som de um bocejo.

"Sinto muito", disse o Homem Invisível, "por não poder lhe contar tudo o que eu fiz esta noite. Mas estou exausto. É grotesco, sem dúvida. É horrível! Mas, acredite em mim, Kemp, apesar de seus argumentos desta manhã, é uma coisa bastante possível. Eu fiz uma descoberta. Queria mantê-la para mim mesmo. Não posso. Preciso de um parceiro. E você... Nós podemos fazer essas coisas... Mas amanhã. Agora, Kemp, eu sinto que devo dormir ou vou morrer."

Kemp ficou no meio do quarto encarando os trajes sem cabeça. "Imagino que devo deixá-lo", ele disse. "É... incrível. Três coisas acontecendo desse jeito, derrubando todas as minhas concepções... Me deixariam insano. Mas é real! Tem mais alguma coisa que eu possa fazer por você?"

"Apenas desejar-me boa noite", disse Griffin.

"Boa noite", disse Kemp, apertando uma mão invisível. Ele andou de lado até a porta. De repente, o roupão andou rapidamente até ele. "Entenda!", disse o roupão. "Nenhuma tentativa de me prejudicar ou me capturar! Ou..." O rosto de Kemp mudou um pouco. "Pensei que tinha lhe dado a minha palavra", ele disse.

Kemp fechou a porta suavemente atrás dele e a chave foi virada do outro lado imediatamente. Então, enquanto ele ainda estava com uma expressão passiva de espanto no rosto, passos rápidos foram até a porta do quarto de vestir e ela também foi trancada. Kemp bateu na testa com a mão. "Estou sonhando? O mundo ficou maluco? Ou fui eu?"

Ele riu e colocou sua mão na porta trancada. "Barrado para fora do meu próprio quarto, por um completo absurdo!", ele disse.

Ele andou até o topo da escada, virou-se e encarou as portas fechadas. "É um fato", ele disse. Ele colocou os dedos em seu pescoço levemente machucado. "Um fato incontestável!"

"Mas..." Ele balançou a cabeça desamparadamente, virou-se e subiu.

Ele acendeu a lamparina da sala de jantar, pegou um charuto e começou a caminhar pelo quarto, esbravejando. De tempos em tempos ele discutia consigo mesmo.

"Invisível!", ele disse.

"Existe algo como um animal invisível? ... No mar, sim. Milhares... milhões. Todas as larvas, todos os pequenos vermes e larvas, todas as coisas microscópicas, a água-viva. No mar há mais coisas invisíveis do que visíveis! Nunca pensei nisso. E nas lagoas também! Todas aquelas coisinhas vivas da lagoa... Manchas transparentes e translúcidas! Mas no ar? Não! Não pode ser. Mas, afinal, por que não? Se o homem fosse feito de vidro, ele ainda seria visível."

Sua meditação tornou-se profunda. O volume de três charutos tinha se tornado invisível ou difundido em cinzas brancas sobre o tapete antes de ele falar novamente. E então, foi meramente uma exclamação. Ele virou-se de lado, andou para fora do quarto, foi para seu pequeno consultório e acendeu a lamparina. Era uma sala pequena, porque o Dr. Kemp não costumava atender, e nela estavam os jornais do dia. O jornal da manhã estava descuidadamente aberto e atirado para o lado. Ele o pegou, virou-o e leu o relato de "Uma Estranha História de Iping", que o marinheiro de Port Stowe tinha descrito tão dolorosamente para o Sr. Marvel. Kemp leu rapidamente.

"Embrulhado!", disse Kemp. "Disfarçado! Escondido! 'Ninguém parecia saber de sua desgraça'. Qual será o diabo do jogo dele?"

Ele largou o jornal e seus olhos ficaram procurando. "Ah!", ele disse e pegou a Gazeta de St. James, que estava dobrada do jeito que chegou. "Agora devemos conseguir a verdade", disse o Dr. Kemp. Ele abriu o jornal e algumas colunas o confrontaram. "Uma Vila Inteira em Sussex Enlouquece" era o título.

"Bom Deus!", disse Kemp, lendo avidamente um relato incrédulo sobre os eventos de Iping, da tarde anterior, que já tinham sido descritos. Sobre a página, o relatório do jornal da manhã tinha sido reimpresso.

Ele o releu. "Correu pelas ruas, atacando em todas as direções. Jaffers inconsciente. Sr. Huxter em grande sofrimento... Ainda incapaz de descrever o que viu. Humilhação dolorosa... Vigário. Mulher doente de terror! Janelas estilhaçadas. Esta história extraordinária é provavelmente uma invenção. Boa demais para não ser impressa... com reservas!"

Ele largou o jornal e ficou olhando fixamente para a frente. "Provavelmente uma invenção!"

Ele pegou o jornal de novo e releu a história inteira. "Mas quando entra o mendigo? Por que diabos ele estava perseguindo um mendigo?"

Ele sentou-se abruptamente na mesa cirúrgica. "Ele não está apenas invisível", ele disse, "mas está louco! Homicida!"

Quando o amanhecer chegou para misturar sua claridade à luz da lamparina e à fumaça do charuto da sala de jantar, Kemp ainda estava perambulando para cima e para baixo, tentando compreender o incrível.

Ele estava, de modo geral, agitado demais para dormir. Seus criados, descendo sonambulamente, encontraram-no, e estavam inclinados a pensar que o excesso de estudo tinha lhe deixado doente. Ele lhes deu instruções extraordinárias, mas bastante explícitas para servir o café da manhã para dois na sala de estudos do terraço — e, então, permanecerem no porão e no andar térreo. Depois, ele continuou a andar pela sala de jantar até o jornal da manhã chegar. Aquele jornal tinha muito a dizer e pouco a contar, além da confirmação da noite anterior e um relato muito mal escrito de outro conto surpreendente de Port Burdock. Aquilo deu a Kemp a essência dos acontecimentos no Jolly Cricketers e o nome de Marvel. "Ele me fez ficar com ele por vinte e quatro horas", Marvel testemunhou. Certos detalhes menores foram adicionados à história de Iping, especialmente os fios do telégrafo terem sido cortados. Mas não havia nada que esclarecesse a conexão entre o Homem Invisível e o Mendigo, pois o Sr. Marvel não tinha dado informações sobre os três livros ou sobre o dinheiro que tinha arranjado. O tom incrível tinha desaparecido, e diversos repórteres e investigadores já estavam trabalhando no assunto.

Kemp leu cada pedaço do relatório e mandou sua criada sair para buscar todos os jornais matinais que pudesse encontrar. E aqueles ele também devorou.

"Ele é invisível!", ele disse. "E parece ser uma ira se transformando em obsessão! As coisas que ele pode fazer! As coisas que ele pode fazer! E ele está lá em cima livre como ar. O que é que eu vou fazer?"

"Por exemplo, seria uma quebra de confiança se...? Não."

Ele foi até uma pequena escrivaninha bagunçada em um canto e começou um bilhete. Ele o rasgou quando tinha escrito metade e escreveu outro. Ele o leu novamente e o considerou. Então, pegou um envelope e o endereçou ao "Coronel Adye, Port Burdock."

O Homem Invisível acordou enquanto Kemp estava fazendo aquilo. Ele acordou com um temperamento diabólico e Kemp, alerta para qualquer som, ouviu seus pés tamborilando e correndo subitamente pelo quarto acima. Então, uma cadeira foi atirada para lado e o copo do lavatório estilhaçou-se. Kemp correu para cima e bateu na porta ansiosamente.

Capítulo 19
Certos Princípios Iniciais

"Qual o problema?", perguntou Kemp, quando o Homem Invisível o deixou entrar.

"Nada", foi a resposta.

"Mas, como pode?! E o barulho?"

"Mau humor", disse o Homem Invisível. "Esqueci desse braço; e está dolorido."

"Você é bastante propenso a esse tipo de coisa."

"Sou."

Kemp atravessou o quarto e pegou os cacos de vidro. "Saíram todos os fatos sobre você", disse Kemp, levantando-se com o vidro na mão, "tudo que aconteceu em Iping e abaixo da colina. O mundo ficou ciente de seu cidadão invisível. Mas ninguém sabe que você está aqui."

O Homem Invisível praguejou.

"O segredo acabou. Presumo que era um segredo. Não sei quais são os seus planos, mas é claro que estou ansioso para ajudá-lo."

O Homem Invisível sentou-se na cama.

"Tem café da manhã lá em cima", disse Kemp, falando o mais suavemente possível e ficando encantado por ver que seu estranho hóspede estava se levantando de boa vontade. Kemp guiou o caminho para cima pela estreita escada até o terraço.

"Antes de podermos fazer qualquer coisa", disse Kemp, "preciso entender um pouco sobre essa sua invisibilidade". Ele sentou-se, depois de dar uma olhada nervosa para fora da janela, com o ar de um homem que tem muito a dizer. Suas dúvidas sobre a sanidade de toda a situação surgiram e desapareceram novamente enquanto ele olhava em direção ao lugar em que Griffin estava sentado na mesa de café da manhã — um roupão sem cabeça, sem mãos, enxugando lábios ocultos com um guardanapo miraculosamente erguido.

"É bastante simples... e bastante plausível", disse Griffin, deixando o guardanapo de lado e apoiando a cabeça invisível em uma mão invisível.

"Sem dúvida, para você, mas...", Kemp riu.

"Bem, sim. Para mim pareceu maravilhoso no começo, sem dúvida. Mas agora, bom Deus! ... Mas nós ainda vamos fazer grandes coisas! Eu descobri aquilo primeiro em Chesilstowe."

"Chesilstowe?"

"Eu fui para lá depois de partir de Londres. Você sabe que larguei a medicina e comecei a estudar física? Não? Bem, eu fiz isso. A luz me fascinava."

"Ah!"

"Densidade óptica! Todo o assunto é uma rede de enigmas... Uma rede com soluções reluzindo sutilmente através dela. E com apenas vinte e dois anos e cheio de entusiasmo, eu disse 'Dedicarei minha vida a isso. Isso vale a pena.' Você sabe como somos tolos aos vinte e dois?"

"Tolos na juventude ou tolos agora", disse Kemp.

"Como se o conhecimento pudesse trazer alguma satisfação a um homem! Mas eu trabalhei, como um escravo. E eu mal tinha trabalhado e pensado no assunto por seis meses quando a luz veio através de uma das telas subitamente... ofuscantemente! Eu encontrei um princípio geral de pigmentos e refração... Uma fórmula, uma expressão geométrica envolvendo quatro dimensões. Tolos, homens comuns, até mesmo matemáticos comuns, não sabem nada sobre o que uma expressão geral pode significar para o estudante de física molecular. Nos livros, os livros que o mendigo escondeu... Há maravilhas, milagres! Mas isso não era um método, era uma ideia, que poderia levar a um método pelo qual seria possível, sem mudar nenhuma outra propriedade da matéria — exceto, em alguns casos, cores — para diminuir o índice de refração de uma substância, sólida ou líquida, até o do ar, tanto quanto todos os propósitos práticos podem ser levados em conta."

"Ufa!", disse Kemp. "Isso é estranho! Mas eu ainda não vejo exatamente... Consigo entender como você poderia destruir uma pedra preciosa, mas invisibilidade humana é ir longe demais."

"Precisamente", disse Griffin. "Mas considere que a visibilidade depende da ação de corpos visíveis na luz. Ou um corpo absorve a luz, ou a reflete, ou a refrata, ou faz todas essas coisas. Se nem refletir, nem refratar, nem absorver luz, não pode ser visível por si próprio. Você vê uma caixa vermelha opaca, por exemplo, porque a cor absorve uma parte da luz e reflete o resto, toda a parte vermelha da luz, até você. Se não absorvesse nenhuma parte específica da luz, mas refletisse toda ela, então seria uma caixa branca brilhante. Prata! Uma caixa de diamante não absorveria muita luz nem refletiria muito da superfície geral, mas apenas aqui e ali onde as superfícies fossem favoráveis, a luz seria refletida e refratada, então você teria uma aparição brilhante de reflexos cintilantes e translúcidos — uma espécie de esqueleto da luz. Uma caixa de vidro não seria tão brilhante, nem tão claramente visível, como uma caixa de diamante, porque haveria menos refração e reflexão. Está vendo? De certos pontos de vista, você veria bem claramente através dela. Alguns tipos de vidro seriam mais visíveis que outros, uma caixa de cristal de chumbo seria mais brilhante do que uma caixa de vidro de janela comum. Uma caixa de vidro comum muito fino seria difícil de ver em uma luz ruim, porque absorveria quase qualquer luz e refrataria e refletiria muito pouco. E se você colocasse uma lâmina de vidro comum na água, ainda mais se a colocasse em algum líquido mais denso que a água, ela desapareceria quase que completamente, porque a luz passando da água para o vidro é apenas levemente refratada, ou refletida, ou de fato afetada de qualquer modo. É quase tão invisível quanto um jato de gás de carvão ou de hidrogênio no ar. E precisamente pela mesma razão!"

"Sim", disse Kemp, "isso tudo é muito simples."

"E aqui está outro fato que você sabe ser verdade. Se uma lâmina de vidro for estilhaçada, Kemp, e esmagada até virar pó, ela se torna muito mais visível enquanto estiver no ar; ela se torna, enfim, um pó branco opaco. Isso é porque o pó multiplica as superfícies do vidro, a partir das quais a refração e a reflexão ocorrem. Na lâmina de vidro, há apenas duas superfícies; no pó, a luz é refletida ou refratada por cada partícula que atravessa e muito pouco passa bem através do pó. Mas se o pó de vidro branco for colocado na água, ele imediatamente desaparece. O pó de vidro e a água têm praticamente o mesmo índice de refração; ou seja, a luz sofre muita pouca refração ou reflexão ao passar de um para o outro.

"Você torna o vidro invisível ao colocá-lo em um líquido com quase o mesmo índice de refração; uma coisa transparente se torna invisível se for colocada em um meio com quase o mesmo índice de refração. E se você considerar, apenas por um segundo, vai ver que também é possível fazer pó de vidro desaparecer no ar, se seu índice de refração for o mesmo do ar; pois, então, não haveria refração ou reflexão quando a luz passasse do vidro para o ar."

"Sim, sim", disse Kemp. "Mas um homem não é pó de vidro!"

"Não", disse Griffin. "Ele é mais transparente."

"Bobagem!"

"Vindo de um médico! Como as pessoas esquecem! Você já se esqueceu da física, em dez anos? Apenas pense em todas as coisas que são transparentes e não parecem ser. Papel, por exemplo, é feito de fibras transparentes e é apenas branco e opaco pela mesma razão que um pó de vidro é branco e opaco. Passe óleo no papel branco, encha os interstícios entre as partículas com óleo para que não haja mais refração ou reflexão, exceto nas superfícies, e ele se torna tão transparente quando o vidro. E não apenas o papel, mas a fibra de algodão, a fibra de linho, a fibra de madeira, e osso. Kemp, carne, Kemp, cabelo, Kemp, unhas e nervos. Kemp, na verdade todo o tecido de um homem, exceto o vermelho de seu sangue e o pigmento preto do cabelo, são todos feitos de tecido transparente, sem cor. Tão pouco é suficiente para nos tornar visíveis um para o outro. Pois a maior parte das fibras de uma criatura viva não são mais opacas que a água."

"Deus do céu!", exclamou Kemp. "É claro, é claro! Eu estava pensando justamente na noite passada sobre as larvas do mar e todas as águas-vivas!"

"Agora você está comigo! E tudo isso eu sabia e tinha em mente um ano depois de ter partido de Londres, seis anos atrás. Mas eu mantive em segredo. Eu tinha que realizar meu trabalho sob desvantagens assustadoras. Oliver, meu professor, era um cientista salafrário, um jornalista por instinto, um ladrão de ideias... Estava sempre bisbilhotando! E você conhece o sistema desonesto do mundo científico. Eu simplesmente não publicaria e deixaria ele compartilhar do meu crédito. Eu continuei trabalhando; cheguei mais e mais perto de transformar minha fórmula em um experimento, uma realidade. Eu não contei a uma alma sequer, porque queria lançar meu trabalho sobre o mundo com um efeito esmagador e me tornar famoso em um só golpe. Eu considerei a questão dos pigmentos para preencher certas lacunas. E, de repente, não por vontade, mas por acidente, eu fiz uma descoberta na fisiologia."

"Sim?"

"Você conhece a matéria de cor vermelha do sangue. É possível torná-la branca — sem cor — e manter todas as funções que tem agora!"

Kemp soltou uma exclamação de surpresa incrédula.

O Homem Invisível ergueu-se e começou a caminhar pela pequena sela.

"Você pode muito bem exclamar. Eu me lembro daquela noite. Era tarde da noite — durante o dia, era incomodado por alunos boquiabertos, tolos — e eu trabalhava, às vezes, até o amanhecer. Chegou de repente, esplêndido e completo na minha mente. Eu estava sozinho; o laboratório estava quieto, com todas as luzes altas queimando brilhantes e silenciosas. Em todos os meus grandes momentos, eu estive sozinho. 'Seria possível tornar um animal — um tecido — transparente! Seria possível torná-lo invisível! Inteiro, exceto os pigmentos... Eu poderia ser invisível!', eu pensei, percebendo, de repente, o que significava ser um albino com tal conhecimento. Era avassalador. Eu deixei a filtragem que estava fazendo e saí para ver as estrelas através da enorme janela. 'Eu poderia ser invisível!', repeti.

"Fazer tal coisa seria transcender a magia. E eu contemplei, sem sombra de dúvida, a visão magnífica de tudo que a invisibilidade poderia significar para um homem: o mistério, o poder, a liberdade. Não vi nenhuma desvantagem. Você precisa apenas pensar! E eu, um demonstrador maltrapilho, pobre, remendado, ensinando tolos em uma faculdade provinciana, poderia me tornar... isto. Eu lhe pergunto, Kemp, se você... Qualquer um, eu lhe digo, teria se atirado naquela pesquisa. E eu trabalhei por três anos e para cada montanha de dificuldade que eu superava, logo aparecia o cume de mais uma. Os detalhes infinitos! E a irritação! Um professor, um professor provinciano, sempre bisbilhotando. 'Quando você vai publicar esse seu trabalho?' era sua eterna pergunta. E os alunos, os malditos abarrotados! Por três anos eu aguentei... "E depois de três anos de sigilo e irritação, eu descobri que concluir seria impossível. Impossível."

"Como?", perguntou Kemp.

"Dinheiro", disse o Homem Invisível e começou a olhar para fora da janela novamente.

Ele virou-se abruptamente. "Eu roubei o meu velho... Roubei o meu pai. O dinheiro não era dele e ele se matou com um tiro."

Capítulo 20
Na Casa da Great Portland Street

Por um momento, Kemp ficou sentado em silêncio, encarando as costas da figura sem cabeça à janela. Então, ele levou um susto, atingido por um pensamento, levantou-se, pegou o braço do Homem Invisível e o levou para longe da vista.

"Você está cansado", ele disse, "e enquanto eu estou sentado, você está andando por aí. Fique com a minha cadeira."

Ele se colocou entre Griffin e a janela mais próxima.

Por um momento, Griffin sentou-se em silêncio, e depois recomeçou abruptamente:

"Eu já tinha deixado a cabana de Chesilstowe", ele disse, "quando aquilo aconteceu. Foi em dezembro do ano passado. Eu tinha arranjado um quarto em Londres, um grande quarto sem mobília em uma grande casa de alojamento mal administrada, em uma favela perto da Great Portland Street. O quarto logo ficou cheio de equipamentos que eu tinha comprado com o dinheiro dele. O trabalho estava progredindo continuamente, com sucesso, chegando perto de um fim. Eu era como um homem saindo de uma caverna que de repente encontra uma tragédia sem sentido. Eu fui ao enterro dele. Minha mente ainda estava naquela pesquisa e não movi um dedo sequer para salvar a reputação dele. Eu me lembro do funeral, do caixão barato, da cerimônia medíocre, da colina congelada pelo vento frio e de um velho colega de faculdade dele que leu uma oração para ele — um velho esfarrapado e curvado com uma gripe ranhosa.

"Eu me lembro de voltar andando para a casa vazia, através do lugar que antes tinha sido uma vila e que agora estava sendo remendado e consertado pelos construtores alemães para se tornar uma cidade feia. Cada caminho pelo qual as estradas passavam acabava em campos profanados, pilhas de escombros e fileiras úmidas de ervas daninhas. Eu lembro de mim mesmo como uma figura escura e esquelética, andando pelo asfalto escorregadio e brilhoso, e da estranha sensação de desligamento que eu sentia da respeitabilidade esquálida, do comercialismo sórdido daquele lugar.

"Eu não senti nem um pouco de pena pelo meu pai. Ele me parecia ser vítima de seu próprio sentimentalismo tolo. A hipocrisia atual solicitava a minha presença no seu funeral, mas realmente não era assunto meu.

"Mas, andando pela High Street, minha velha vida voltou para mim por um instante, pois eu encontrei a menina que eu tinha conhecido há dez anos. Nossos olhos se encontraram. Algo me impeliu a voltar atrás e falar com ela. Ela era uma pessoa muito comum.

"Foi tudo como um sonho, aquela visita aos lugares antigos. Eu não sentia que estava sozinho, que eu tinha saído do mundo para um lugar desolado. Eu apreciava a minha falta de simpatia, mas a deixei de lado pela inutilidade geral das coisas. Reentrar no meu quarto pareceu ser a recuperação da realidade. Ali estavam as coisas que eu conhecia e amava. Ali estavam os aparelhos, os experimentos organizados e aguardando. E agora não havia quase nenhuma dificuldade, além de planejar os detalhes.

"Vou lhe contar, Kemp, mais cedo ou mais tarde, todos os processos complicados. Nós não precisamos entrar nisso agora. Pela maior parte, exceto por certas lacunas que eu escolhi lembrar, eles estão escritos em códigos naqueles livros que o mendigo escondeu. Nós precisamos caçá-lo. Precisamos pegar aqueles livros de volta. Mas a fase essencial foi colocar o objeto transparente cujo índice de refração seria reduzido entre dois centros de radiação de uma espécie de vibração etérea, sobre os quais vou lhe contar com mais detalhes mais tarde. Não, não aquelas vibrações Röntgen — eu não sei se essas minhas outras foram descritas. Ainda assim, elas são bastante óbvias. Eu precisei de dois pequenos dínamos, que eu liguei com um motor a gás barato. Meu primeiro experimento foi com um pouco de tecido de lã branca. Foi a coisa mais estranha do mundo de se ver, na oscilação dos lampejos suaves e brancos, e depois assistir a tudo se desfazendo como uma coroa de fumaça e desaparecendo.

"Eu mal podia acreditar que tinha conseguido. Coloquei as minhas mãos no vazio e lá estava a coisa, tão sólida quanto antes. Eu a toquei com estranhamento e a joguei no chão. Eu tive um pouco de trabalho para encontrar o pano de novo.

"E, então, veio uma experiência curiosa. Eu ouvi um miado atrás de mim e, ao me virar, vi uma gata branca e magra, muito suja, na tampa da cisterna do lado de fora da janela. Um pensamento me veio à cabeça. 'Tudo pronto para você', eu disse e fui até a janela, abri e chamei suavemente. Ela entrou ronronando — a pobre criatura estava faminta — e eu lhe dei um pouco de leite. Toda a minha comida estava em um armário no canto do quarto. Depois disso, ela ficou cheirando o quarto, evidentemente com a ideia de ficar à vontade. O pano invisível a deixou um pouco irritada. Você deveria tê-la visto cuspindo nele! Mas eu a deixei confortável no travesseiro da minha cama dobrável. E lhe dei um pouco de manteiga para conseguir lavá-la."

"E fez o procedimento com ela?"

"Fiz o procedimento com ela. Mas dar remédio para um gato não é brincadeira, Kemp! E o procedimento falhou."

"Falhou!"

"Em dois pormenores, que foram as garras e a coisa do pigmento, como se chama? No fundo do olho do gato. Você sabe?"

"Tapetum."

"Sim, o tapetum. Não funcionou. Depois de eu dar a ela o negócio para tingir o sangue e fazer outras coisas com ela, eu lhe dei ópio e a coloquei com o travesseiro onde ela estava dormindo dentro do aparelho. E depois que todo o resto tinha desbotado e desaparecido, os dois fantasminhas dos olhos dela permaneceram."

"Estranho!"

"Não consigo explicar. Ela foi enfaixada e amarrada, é claro... Então estava segura. Mas ela acordou enquanto ainda estava desaparecendo e miou tristemente. Alguém bateu na porta. Era uma velha do andar de baixo, que suspeitava que eu fazia vivissecção... Uma criatura velha e beberrona, com apenas uma gata branca para cuidar no mundo. Eu peguei um pouco de clorofórmio, apliquei e atendi a porta. 'Eu ouvi um gato?' ela perguntou. 'Meu gato?' 'Não aqui', disse eu, muito educadamente. Ela ainda estava em dúvida e tentou espiar dentro do quarto por cima de mim. Era bastante estranho para ela, sem dúvida... Paredes nuas, janelas sem cortinas, cama dobrável, com o motor a gás vibrando, os pontos radiantes fervilhando e toda aquele vago cheiro horroroso de clorofórmio no ar. Finalmente, ela ficou satisfeita e foi embora de novo."

"Quanto tempo demorou?", perguntou Kemp.

"Três ou quatro horas... a gata. Os ossos, os tendões e a gordura foram os últimos a irem embora, e as pontas dos pelos coloridos. E, como eu disse, a parte no fundo do olho, entretanto, que é uma coisa iridescente, não foi embora de jeito nenhum.

"Já era noite lá fora bem antes de o negócio ter terminado e nada havia a ser visto além dos olhos escuros e das garras. Eu parei o motor a gás, tateei e acariciei a criatura, que ainda estava insensível e, então, estando cansado, deixei-a dormindo no travesseiro invisível e fui para a cama. Eu tive dificuldade para dormir. Fiquei acordado, pensando coisas sem sentido, revisando o experimento de novo e de novo, ou sonhando febrilmente sobre coisas ficando nebulosas e desaparecendo em volta de mim, até que tudo, até o chão em que eu pisava, desaparecia. Depois tive aquele pesadelo horrível em que a gente fica caindo. Por volta das duas horas, a gata começou a miar pelo quarto. Eu tentei conversar com ela para fazê-la ficar quieta e depois decidi colocá-la para fora. Eu lembro do choque que tive quando acendi a luz — havia apenas os olhos redondos e verdes brilhando — e nada em volta deles. Eu teria lhe dado leite, mas não tinha. Ela não ficava quieta, apenas ficou sentada, miando na porta. Eu tentei pegá-la, com a ideia de colocá-la para fora pela janela, mas não consegui, ela desapareceu. Depois, apareceu miando em partes diferentes do quarto. Finalmente, eu abri a janela e fiz um tumulto. Imagino que ela finalmente tenha saído. Nunca mais a vi.

"Então — Deus sabe por quê — comecei a pensar no funeral do meu pai de novo e na colina sombria e gelada, até o dia amanhecer. Percebi que não adiantava tentar dormir e, trancando a porta atrás de mim, perambulei pelas ruas."

"Você não quer dizer que existe um gato invisível à solta!", disse Kemp.

"Se não tiver sido morto", disse o Homem Invisível. "Por que não?"

"Por que não?", disse Kemp. "Eu não quis interromper."

"Muito provavelmente foi morto", disse o Homem Invisível. "Estava vivo quatro dias depois, embaixo de uma bueiro na Great Titchfield Street. Eu sei porque vi uma multidão em volta do lugar, tentando descobrir de onde o miado estava vindo."

Ele ficou em silêncio por quase um minuto inteiro. Então, recomeçou abruptamente:

"Eu me lembro daquela manhã antes da mudança, muito vividamente. Eu devia ter ido até a Great Portland Street. Eu me lembro do quartel na Albany Street e dos soldados a cavalo vindo e, finalmente, cheguei ao topo da Primrose Hill. Era um dia ensolarado de janeiro... Um daqueles dias ensolarados, mas gelados, que vieram antes da neve este ano. Meu cérebro exausto tentou formular a posição, tramar um plano de ação.

"Eu fiquei surpreso em descobrir, agora que meu prêmio estava em meu alcance, como sua concretização parecia inconclusiva. Na verdade, eu estava exausto. O estresse intenso de quase quatro anos de trabalho contínuo me deixou incapaz de qualquer força de sentimento. Eu estava apático e tentei em vão recuperar o entusiasmo das minhas primeiras investigações, a paixão da descoberta que tinha me permitido levar à perdição até mesmo os cabelos brancos do meu pai. Nada parecia importar. Eu via claramente que aquele era um estado de humor transitório, devido ao excesso de trabalho e à necessidade de dormir, e que, fosse por meio de remédios ou descanso, seria possível recuperar minhas energias.

"Tudo que eu conseguia pensar claramente era que aquela coisa tinha que continuar. A ideia fixa ainda me dominava. E logo, pois o dinheiro que eu tinha estava quase esgotado. Eu olhei ao meu redor na colina, para as crianças brincando e as meninas cuidando delas, e tentei pensar em todas as fantásticas vantagens que um homem invisível teria no mundo. Depois de um tempo, eu me arrastei de volta para casa, comi um pouco, tomei uma dose forte de estricnina e fui dormir sem trocar de roupa na minha cama desfeita. A estricnina é um grande tônico, Kemp, para tirar a frouxidão de um homem."

"É o diabo", disse Kemp. "É o paleolítico em uma garrafa."

"Eu acordei plenamente revigorado e bastante irritado. Você sabe?"

"Eu conheço essa coisa."

"E havia alguém batendo na porta. Era o meu senhorio com ameaças e questionamentos, um velho judeu polonês com um longo casaco cinzento e chinelos ensebados. Eu tinha atormentado um gato à noite, ele tinha certeza... A língua da velha tinha estado ocupada. Ele insistiu em saber tudo sobre o assunto. As leis neste país contra a vivissecção são muito severas... Ele poderia ser responsabilizado. Eu neguei o gato. Depois, ele disse que a vibração do pequeno motor a gás podia ser sentida pela casa inteira. Aquilo era verdade, certamente. Ele deu a volta por mim para entrar no quarto, espiando por cima de seus óculos alemães prateados, e um medo terrível me veio à mente de que ele poderia descobrir algo sobre o meu segredo. Tentei me manter entre ele e o aparelho de concentração que eu tinha arranjado, o que apenas o deixou mais curioso. O que eu estava fazendo? Por que eu estava sempre sozinho e sigiloso? Aquilo era legal? Era perigoso? Eu não pagava nada além do aluguel comum. A casa dele sempre tinha sido uma das mais respeitáveis — em uma vizinhança infame. De repente, perdi minha paciência. Disse a ele para sair. Ele começou a protestar, a grasnar sobre seu direito de entrar. Em um instante, eu o agarrei pelo colarinho, algo se rasgou e ele saiu correndo para seu próprio corredor. Eu bati e tranquei a porta e me sentei tremendo.

"Ele fez um alvoroço lá fora, que eu ignorei, e depois de um tempo ele foi embora.

"Mas isso trouxe os assuntos até uma crise. Eu não sabia o que ele faria, nem mesmo o que ele tinha poder para fazer. Me mudar para um novo apartamento significaria um atraso. De modo geral, eu mal tinha vinte libras sobrando no mundo, a maior parte em um banco... E eu não poderia me permitir tal luxo. Desaparecer! Era irresistível. Então, haveria uma investigação, o saque do meu quarto.

"Ao pensar na possibilidade de o meu trabalho ser exposto ou interrompido em seu auge, fiquei muito irritado e enérgico. Eu me apressei para sair com os meus três livros de anotações, meu talão de cheques — o mendigo está com eles agora — e os enviei do correio mais próximo para uma casa que recebe correspondências na Great Portland Street. Tentei sair silenciosamente. Ao voltar, descobri meu senhorio subindo sorrateiramente. Ele tinha ouvido a porta se fechando, eu imagino. Você teria rido ao vê-lo pular para o lado no patamar quando eu passei correndo por trás dele. Ele me encarou enquanto eu passava por ele e fiz a casa tremer com a batida da minha porta. Eu o ouvi se arrastando para cima até o meu andar, hesitar e descer. Eu comecei a trabalhar nos meus preparativos imediatamente.

"Foi tudo feito naquela noite. Enquanto eu ainda estava sob a influência doentia e sonolenta das drogas que descolorem o sangue, ouvi uma batida repetida na porta. Parou, passos foram embora e retornaram, e a batida recomeçou. Houve uma tentativa de empurrar algo para baixo da porta, um papel azul. Então, em um ataque de irritação, eu me ergui, fui e escancarei a porta. 'E agora o quê?' disse eu.

"Era o meu senhorio, com uma ordem de despejo ou algo do tipo. Ele a estendeu para mim, viu algo estranho nas minhas mãos, eu imagino, e ergueu os olhos para o meu rosto.

"Por um momento, ele ficou boquiaberto. Depois, soltou uma espécie de choro inarticulado, derrubou a vela e o documento juntos e saiu tropeçando pelo corredor escuro em direção à escada. Eu fechei a porta, tranquei-a e fui até o espelho. Então, entendi o terror dele... Meu rosto estava branco, como uma pedra branca.

"Mas foi tudo horrível. Eu não esperava o sofrimento. Uma noite de agonia desesperadora, enjoos e desmaios. Eu rangi os dentes, pensei que a minha pele estava pegando fogo, todo o meu corpo em chamas. Mas fiquei deitado lá, como a morte cruel. Eu entendia agora por que a gata tinha uivado até eu lhe dar o clorofórmio. Por sorte, eu morava sozinho no quarto e não tinha nenhum criado. Houve momentos em que eu solucei, gemi e falei. Mas aguentei... Fiquei inconsciente e acordei jogado na escuridão.

"A dor tinha passado. Pensei que estava me matando e não me importei. Nunca vou me esquecer daquele amanhecer e do estranho horror ao ver que as minhas mãos tinham se tornado vidro fosco. Elas foram ficando mais pálidas e finas conforme o dia passava, até que enfim eu pude ver a desordem doentia do meu quarto através delas, embora tivesse fechado minhas pálpebras transparentes. Meus membros viraram vidro, os ossos e as artérias desbotaram, desapareceram, e os pequenos nervos brancos foram por último. Cerrei os dentes e permaneci ali até o fim. Finalmente, apenas as pontas mortas das unhas permaneceram, pálidas e brancas, e a mancha marrom de algum ácido nos meus dedos.

"Eu lutei para me levantar. No começo, estava tão incapaz quanto uma criança embrulhada, pisando com membros que eu não podia ver. Eu estava fraco e com muita fome. Fiquei encarando o nada no meu espelho de barbear, nada além de um pigmento atenuado que ainda permanecia atrás da retina dos meus olhos, mais pálido que a neblina. Eu tive que me segurar na mesa e pressionar minha testa contra o espelho.

"Foi apenas com um esforço frenético de vontade que eu me arrastei de volta ao aparelho e completei o processo.

"Eu dormi durante a manhã, puxando o lençol sobre os meus olhos para afastar a luz e, por volta do meio-dia, fui acordado de novo por alguém batendo na porta. Minha força tinha retornado. Eu me sentei para escutar e ouvi um sussurro. Fiquei em pé e comecei a destacar as conexões do meu aparelho, o mais silenciosamente possível, e a distribui-lo pelo quarto, para destruir as sugestões de sua montagem. Naquele momento, a batida recomeçou e vozes me chamaram, primeiro a voz do meu senhorio e depois duas outras. Para ganhar tempo, eu respondi. Peguei o pano e o travesseiro invisíveis, abri a janela e os atirei para fora, em cima da cisterna. Quando a janela se abriu, uma pancada pesada veio da porta. Alguém a tinha forçado com a ideia de arrancar a fechadura. Mas os ferrolhos robustos que eu tinha aparafusado alguns dias antes impediram. Aquilo me assustou, me deixou irritado. Comecei a tremer e a fazer as coisas apressadamente.

"Eu joguei alguns papéis soltos, palha, papel de embrulho e tudo mais no meio do quarto e liguei o gás. Golpes pesados começaram a chover sobre a porta. Eu não conseguia encontrar os fósforos. Bati minhas mãos na parede com ódio. Eu fechei o gás de novo, saí pela janela e fui para a tampa da cisterna. Abaixei a vidraça e me sentei, seguro e invisível, mas tremendo de raiva, para assistir aos eventos. Eles racharam um painel, eu vi, e no momento seguinte tinham quebrado os ferrolhos e estavam na soleira da porta aberta. Era o senhorio com seus dois enteados, jovens robustos de vinte e três ou vinte e quatro anos. Atrás deles, pairava a velha megera do andar de baixo.

"Você deve imaginar o espanto deles ao encontrar o quarto vazio. Um dos homens mais jovens correu imediatamente para a janela, abriu-a com força e olhou para fora. Seus olhos arregalados e seu rosto barbudo de lábios grossos ficaram a meio metro do meu rosto. Eu fiquei inclinado a bater na cara estúpida dele, mas segurei o meu punho fechado. Ele olhou bem através de mim. E os outros também, quando se juntaram a ele. O velho foi e espiou embaixo da cama. Depois, todos eles correram para o armário. Eles tiveram que discutir sobre aquilo por muito tempo em ídiche e inglês *cockney*. Concluíram que eu não tinha respondido, que sua imaginação tinha lhes enganado. Um sentimento de euforia extraordinária tomou o lugar da minha raiva enquanto eu estava sentado do lado de fora da janela, observando aquelas quatro pessoas... Pois a velha entrou, olhando desconfiadamente em volta dela como um gato, tentando entender o enigma do meu comportamento.

"O velho, até onde eu consegui compreender de seu dialeto, concordou quando a velha disse que eu fazia vivissecção. Os filhos protestaram com seu inglês distorcido, dizendo que eu era um eletricista e apelando para os dínamos e radiadores. Eles estavam todos nervosos por causa da minha chegada, embora eu tenha descoberto mais tarde que eles tinham aparafusado a porta da frente. A velha espiou dentro do armário e embaixo da cama, e um dos homens jovens empurrou o registro para cima e olhou dentro da chaminé. Um dos meus companheiros de hospedagem, um vendedor ambulante que compartilhava o quarto da frente com um açougueiro, apareceu no patamar. Ele foi chamado para dentro e contou coisas incoerentes.

"Me ocorreu que os radiadores, se caíssem nas mãos de alguma pessoa perspicaz e bem-educada, acabariam me entregando e, esperando minha oportunidade, entrei no quarto, empurrei um dos pequenos dínamos para longe de seu companheiro, no qual estava apoiado, e quebrei os dois aparelhos. Então, enquanto eles ainda estavam tentando explicar a queda, pulei para fora do quarto e fui suavemente lá para baixo.

"Fui até uma das salas de estar e esperei até eles desceram, ainda especulando e argumentando, todos um pouco desapontados por não descobrirem nenhum 'horror' e um pouco confusos sobre como estavam perante a lei em relação a mim. Então, eu subi de novo com uma caixa de fósforos, acendi minha pilha de papéis e lixo, coloquei as cadeiras e a cama em volta, conduzi o gás até aquilo tudo, usando um tubo de borracha e, acenando um adeus para o quarto, eu o deixei pela última vez.

"Você incendiou a casa!", exclamou Kemp.

"Incendiei a casa. Era a única forma de cobrir os meus rastros... E, sem dúvida, ela estava segurada. Eu abri os ferrolhos da porta da frente silenciosamente e saí para a rua. Eu estava invisível, e estava apenas começando a compreender a vantagem extraordinária que a minha invisibilidade me dava. Minha cabeça já estava fervilhando com planos de todas as coisas loucas e maravilhosas que eu agora estava impune para realizar."

Capítulo 21
Na Oxford Street

"Ao descer pela primeira vez, descobri uma inesperada dificuldade porque não conseguia ver meus pés. Com certeza tropecei duas vezes e abri o ferrolho de um jeito estranhamento atrapalhado. Sem olhar para baixo, entretanto, consegui andar em linha reta passavelmente bem.

"Meu humor, como eu digo, era de exaltação. Eu sentia o que um homem com visão deveria sentir, com pés acolchoados e roupas silenciosas, em uma cidade de cegos. Eu experimentei um impulso selvagem de zombar, de assustar pessoas, de bater nas costas dos homens, de atirar os chapéus das pessoas para longe e de festejar minha extraordinária vantagem de um modo geral.

"Mas eu mal tinha pisado na Great Portland Street, entretanto (meu alojamento era próximo de uma grande loja de tecidos ali), quando ouvi uma pancada e fui atingido violentamente por trás e, ao me virar, vi um homem carregando uma cesta de sifões de água gaseificada, olhando surpreso para sua carga. Embora o golpe tenha realmente me machucado, eu encontrei algo tão irresistível no assombro dele que ri em voz alta. 'O diabo está na cesta', eu disse e, de repente, arranquei-a de suas mãos. Ele largou inconscientemente e eu atirei a coisa toda para o ar.

"Mas um cocheiro tolo, parado do lado de fora de uma taberna, correu para pegar aquilo e seus dedos estendidos me atingiram com uma violência excruciante embaixo da orelha. Eu deixei a coisa toda cair em cima do cocheiro e, então, com gritos e ruídos de pés ao meu redor, pessoas saindo das lojas, veículos parando, percebi o que eu tinha feito comigo mesmo e, amaldiçoando minha tolice, me encostei em uma vitrine e me preparei para fugir da confusão. Eu em um instante eu seria arrastado para a multidão e inevitavelmente descoberto. Eu empurrei um açougueiro que, por sorte, não se virou para ver o nada que tinha lhe arremessado para o lado e me lancei atrás das quatro rodas do cocheiro. Não sei como eles resolveram o assunto. Eu corri para o outro lado da estrada, que felizmente estava livre e, mal prestando atenção no caminho em que estava indo, pelo medo da descoberta que o incidente tinha me causado, mergulhei na multidão da tarde da Oxford Street.

"Tentei entrar no fluxo de pessoas, mas era denso demais para mim e em um instante meus calcanhares começaram a ser pisoteados. Eu fui para a sarjeta, cuja dureza descobri que era dolorosa para os meus pés e logo depois o eixo de um carro de aluguel me atingiu com força embaixo do ombro, fazendo eu me lembrar de que já estava seriamente machucado. Eu me arrastei para longe, evitei um carrinho de bebê por um instante convulsivo e me vi atrás do carro. Um pensamento feliz me salvou, e, enquanto ele dirigia lentamente, eu segui seu rastro, tremendo e abismado pelo resultado da minha aventura. Era um dia claro de janeiro, eu estava completamente nu e a fina camada de lama que cobria a estrada estava congelando. Por mais tolo que me pareça agora, eu não tinha pensado que, transparente ou não, eu ainda estava suscetível ao clima e todas as suas consequências.

"Então, subitamente, uma ideia brilhante me veio à cabeça. Eu dei a volta e subi no carro. Então, tremendo, assustado e fungando, com os primeiros indícios de uma gripe e com todos os hematomas nas minhas costas chamando a minha atenção, fui levado lentamente pela Oxford Street, passando a Tottenham Court Road. Meu humor estava diferente do que tinha me acometido dez minutos antes, como é possível imaginar. Essa invisibilidade, enfim! O pensamento que tomava conta de mim era... como eu sairia da confusão em que estava.

"Nós passamos pelo Mudie's, e ali uma mulher alta, com cinco ou seis livros de etiqueta amarela, fez sinal para o meu carro. Eu pulei bem a tempo de escapar dela e passei raspando por um vagão em minha fuga. Eu fugi pela estrada até a Bloomsburry Square, pretendendo seguir em direção ao norte, passando pelo museu e assim chegando ao distrito calmo. Eu estava morrendo de frio e a estranheza da minha situação me irritava tanto que eu choramingava enquanto corria. Na esquina para o norte da praça, um cachorrinho branco correu para fora do escritório da Sociedade Farmacêutica e, inconscientemente, foi na minha direção, com o nariz para baixo.

"Eu nunca tinha percebido antes, mas o nariz é para a mente de um cachorro o que os olhos são para a mente de um homem que enxerga. Os cães percebem o cheiro de um homem se movendo como os homens percebem sua visão. O bruto começou a latir e a pular, mostrando, assim me parecia, muito claramente de que estava ciente de mim. Eu atravessei a Great Russell Street, olhando por cima do ombro enquanto fazia aquilo, e segui adiante pela Montague Street antes de perceber aonde estava indo.

"Então, percebi uma barulheira de música, e, olhando pela rua, vi várias pessoas avançado pela Russel Square, com camisas vermelhas e com a bandeira do Exército da Salvação à frente. Eu não poderia esperar atravessar uma multidão daquelas, cantando pela estrada e fazendo algazarra pelo asfalto. Temendo voltar e me afastar de casa novamente, e decidindo no calor do momento, subi correndo os degraus brancos de uma casa de frente para as grades do museu e fiquei ali até a multidão passar. Felizmente, o cachorro também parou ao ouvir a banda, hesitou, virou as costas e correu de volta para a Bloomsbury Square.

"Lá vinha a banda, berrando com ironia inconsciente algum hino sobre 'Quando veremos o rosto Dele?', e me pareceu um tempo interminável antes que aquela onda de gente atravessasse a calçada e passasse por mim. Bum, bum, bum, veio a bateria, com uma ressonância vibrante e, por um momento, eu não notei dois moleques parados na grande ao meu lado. 'Olhe só', disse um. 'Olhar o quê?' disse o outro. 'Ora... As pegadas... descalças. Como as que a gente faz na lama.'

"Eu olhei para baixo e vi que os jovens tinham parado e estava encarando boquiabertos as pegadas lamacentas que eu tinha deixado atrás de mim nos degraus recém caiados. As pessoas que passavam lhes deram cotoveladas e os empurraram, mas sua maldita curiosidade tinha sido capturada. "'Tum, tum, tum, quando, tum, veremos, tum, o rosto Dele, tum, tum.' 'Um homem descalço subiu esses degraus ou eu não sei de nada', disse um. 'E ele não desceu mais. E o pé dele estava sangrando.'

"A maior parte da multidão já tinha passado. 'Olhe aqui, Ted', disse o mais novo dos detetives, com o tom agudo da surpresa em sua voz, apontando diretamente para os meus pés. Eu olhei para baixo e logo vi a vaga sugestão do contorno deles desenhada nas poças de lama. Por um momento, fiquei paralisado.

"'Ora, isso é esquisito', disse o mais velho. 'Muito esquisito! É como se fosse o fantasma de um pé, não é?' Ele hesitou e avançou com a mão estendida. Um homem parou de repente para ver o que ele estava pegando e depois, uma menina. No instante seguinte, ele teria me tocado. Então, eu soube o que fazer. Dei um passo, o menino foi para trás com uma exclamação e, com um movimento rápido, eu me atirei por cima do pórtico da casa ao lado. Mas o menino menor tinha um olho afiado o suficiente para seguir o movimento e, antes de eu ter descido os degraus e chegado à calçada, ele tinha se recuperado do assombro momentâneo e estava gritando que os pés tinham subido a parede.

"Eles correram e viram minhas novas pegadas surgindo no degrau mais baixo e sobre a calçada. 'O que está acontecendo?' perguntou alguém. 'Pés! Veja! Pés correndo!'

"Todos na estrada, exceto os meus três perseguidores, estavam espalhados no meio do Exército da Salvação, e aquele golpe não impediu apenas o meu avanço, mas o deles também. Houve um turbilhão de surpresa e interrogação. À custa de me atirar sobre um jovem, eu consegui passar, e no momento seguinte estava correndo desenfreadamente em volta do circuito da Russel Square, com seis ou sete pessoas assombradas seguindo minhas pegadas. Não havia tempo para explicações, ou então todo o exército estaria atrás de mim.

"Duas vezes eu dobrei as esquinas, três vezes atravessei a estrada e voltei seguindo os meus rastros, e então, conforme meus pés ficavam quentes e secos, as impressões úmidas começaram a desaparecer. Finalmente, tive espaço para respirar e esfreguei meus pés com as minhas mãos para limpá-los, e assim escapei de vez. A última coisa que vi da perseguição foi um pequeno grupo de umas doze pessoas talvez, estudando com uma perplexidade infinita uma pegada que secava lentamente, resultado de uma poça na Tavistock Square. Uma pegada isolada e incompreensível para elas tanto quanto a descoberta solitária de Crusoé.

"Aquela correria me alertou até certo ponto, e eu continuei com mais coragem através do labirinto de estradas menos frequentadas que corre por aí. Minhas costas tinham ficado muito rígidas e doloridas, minha garganta estava doendo por causa dos dedos do cocheiro, e a pele do meu pescoço tinha sido arranhada pelas suas unhas. Meus pés estavam doendo excruciantemente, e eu estava coxo por causa de um corte em um dos pés. Eu vi bem a tempo um cego se aproximar de mim e fugi mancando, pois temi suas intuições sutis. Uma ou duas vezes, colisões acidentais aconteceram e eu deixei as pessoas espantadas, com maldições incontáveis ressoando em seus ouvidos. Depois, algo silencioso e calmo desceu pelo meu rosto. Pela praça inteira, um fino véu de flocos de neve caía lentamente. E todos os cachorros que surgiam com seus narizes para cima, fungando curiosamente, eram um terror para mim.

"Então, vieram homens e meninos correndo, primeiro um e depois outros, e gritando enquanto corriam. Era um incêndio. Eles corriam na direção do meu alojamento e, olhando para trás, rua abaixo, vi uma massa de fumaça escura subindo acima dos telhados e fios de telefone. Era o meu alojamento queimando; minhas roupas, meu aparelho, todos os meus recursos, enfim, exceto pelo talão de cheques e os três volumes de anotações que me aguardavam na Great Portland Street, estavam lá. Queimando! Eu tinha queimado todas as pontes — se algum homem já fez isso! O lugar estava ardendo em chamas."

O Homem Invisível parou e pensou. Kemp olhou nervosamente para fora da janela. "Sim?", ele disse. "Continue."

Capítulo 22
No Empório

"Portanto, em janeiro, com o início da tempestade de neve no ar sobre mim — e, se caísse em mim, a neve me entregaria! — exausto, com frio, dolorido, inexpressivamente devastado e sem estar completamente convencido da minha qualidade invisível, eu comecei esta nova vida com a qual estou comprometido. Eu não tinha refúgio, nenhum equipamento, nenhum ser humano no mundo em quem pudesse confiar. Contar o meu segredo teria me entregado... E eu me tornaria uma mera exibição, uma raridade. Ainda assim, eu estava meio inclinado a abordar algum transeunte e me lançar à sua misericórdia. Mas eu sabia claramente o terror e a brutalidade cruel que os meus avanços poderiam provocar. Não fiz planos na rua. Meu único objetivo era obter abrigo da neve, conseguir um lugar coberto e quente. Aí sim, eu poderia esperar fazer planos. Mas mesmo para mim, um Homem Invisível, as fileiras de casas de Londres permaneciam trancadas, com grades e ferrolhos impenetráveis.

"Eu podia ver apenas uma imagem claramente diante de mim — a exposição ao frio e a miséria da tempestade de neve e da noite.

"Então, tive uma ideia brilhante. Eu virei em uma das estradas que vai da Gower Street até a Tottenham Court Road e me vi dentro do Omniums, o grande estabelecimento onde se pode comprar tudo... Você conhece o lugar: carne, mercearia, tecidos, mobília, roupas, até pinturas a óleo... Parece mais um imenso labirinto de lojas do que apenas uma loja. Eu tinha pensado que encontraria as portas abertas, mas elas estavam fechadas, e, enquanto eu estava na ampla entrada, um carro parou lá fora. Um homem de uniforme — você sabe o tipo de personagem com 'Omnium' escrito no boné — abriu a porta. Eu dei um jeito de entrar e, andando pela loja — era um departamento onde estavam vendendo fitas, luvas e meias, esse tipo de coisa — cheguei a uma área mais espaçosa dedicada a cestas de piquenique e móveis de vime.

"Mas não me senti seguro ali. As pessoas estavam indo de um lado para o outro, e eu vaguei incansavelmente até chegar a uma imensa seção em um andar mais alto, contendo uma imensidão de camas. Subi nelas, descobrindo finalmente um lugar para descansar no meio de uma pilha imensa de colchões dobrados. O lugar já estava iluminado e agradavelmente quente, e eu decidi permanecer onde estava, ficando de olho nos dois ou três atendentes e clientes que estavam perambulando pelo lugar, até que chegou a hora de fechar. Nesse caso, eu pensei, eu poderia roubar o lugar para arranjar comida e roupas, e, disfarçado, perambular por ali e examinar os recursos, talvez dormir em alguma cama. Aquele parecia um plano aceitável. Minha ideia pera procurar roupas que me tornassem uma figura agasalhada, mas aceitável, arranjar dinheiro e depois recuperar meus livros e pacotes onde eles aguardavam por mim, arranjar hospedagem em algum lugar e elaborar planos para a realização completa das vantagens que a minha invisibilidade tinha me dado (como eu ainda imaginava) sobre meus semelhantes.

"Logo chegou a hora de fechar. Não poderia ter se passado mais do que uma hora depois de eu ter assumido minha posição nos colchões, quando eu percebi que estavam fechando as persianas das janelas e os clientes estavam marchando para baixo. Depois, vários homens jovens e vigorosos começaram a arrumar os produtos que tinham sido remexidos com uma vivacidade impressionante. Eu deixei meu esconderijo quando o público diminuiu e perambulei cautelosamente pelas partes menos desoladas da loja. Fiquei muito surpreso ao observar quão rapidamente os jovens homens e mulheres agarravam os produtos exibidos à venda durante o dia. Todas as caixas de produtos, os tecidos pendurados, os rolos de renda, as caixas de doces na seção da mercearia, as vitrines disto e daquilo, estavam sendo agarrados, dobrados, enfiados em pacotes organizados. E tudo que não podia ser trazido para baixo ou guardado tinha panos de algum material grosseiro, como sacos, jogados por cima. Finalmente, todas as cadeiras foram viradas para cima dos balcões, deixando o chão livre. Assim que cada um daqueles jovens terminou, foi prontamente para a porta com uma expressão de animação que eu raramente tinha observado em atendentes de loja antes. Depois, chegaram vários jovens espalhando serragem e carregando baldes e vassouras. Eu precisei desviar para sair do caminho e, do jeito que estava, senti a serragem machucar meu tornozelo. Durante algum tempo, perambulando pelos departamentos arrumados e escuros, eu pude ouvir as vassouras trabalhando. Depois de pelo menos uma hora ou mais que a loja tinha sido fechada, ouvi um barulho de portas sendo trancadas. O silêncio caiu sobre o lugar e eu me vi andando pelas vastas e intricadas lojas, galerias e vitrines lugar, sozinho. Estava muito silencioso; em um lugar eu me lembro de ter passado por perto de uma das entradas que dava para a Tottenham Court Road e ter ouvido as solas das botas dos transeuntes.

"Minha primeira visita foi até o lugar onde eu tinha visto as meias e as luvas à venda. Estava escuro, e eu tive uma luta terrível atrás de fósforos, que acabei encontrando na gaveta do pequeno caixa. Então, precisei arranjar uma vela. Tive que rasgar os embrulhos e revirar diversas caixas e gavetas, mas enfim consegui encontrar o que procurava. A etiqueta da caixa dizia que eram roupas de baixo feitas de lã. Depois, meias, um cobertor grosso, e então fui para a seção de roupas e arranjei calças, uma jaqueta, um sobretudo e um chapéu de aba larga... Um chapéu que parecia clerical, com a aba virada para baixo. Comecei a me sentir humano novamente, e meu próximo pensamento foi sobre comida.

"No andar de cima estava o departamento de frios, e lá arranjei carne fria. Ainda havia café na garrafa, eu acendi o gás e o esquentei de novo. De um modo geral, não me saí mal. Mais tarde, perambulando pelo lugar em busca de cobertores — eu tive que me virar com uma pilha de colchas esparramadas, no fim das contas — encontrei uma seção de mercearia com um monte de chocolate e frutas caramelizadas, mais do que seria bom para mim na verdade, e um pouco de vinho branco. Perto dali estava o departamento de brinquedos, e eu tive uma ideia brilhante. Encontrei alguns narizes artificiais... Narizes de mentira, sabe, e pensei em óculos escuros. Mas a Omniums não tinha uma ótica. Meu nariz tinha sido uma dificuldade... Eu tinha pensado em tinta. Mas a descoberta fez minha mente pensar em perucas, máscaras e coisas do tipo. Finalmente, fui dormir em uma pilha de colchas, muito aquecido e confortável.

"Meus últimos pensamentos antes de dormir foram os mais agradáveis que tive desde a mudança. Estava em um estado de serenidade física, e aquilo foi refletido na minha mente. Eu pensava que seria capaz de escapar sem ser visto pela manhã, usando minhas roupas, embrulhando meu rosto com uma bandagem branca que eu tinha pegado. E poderia comprar, com o dinheiro que tinha pegado, óculos e tudo mais, completando assim o meu disfarce. Eu caí em sonhos confusos sobre todas as coisas fantásticas que tinham acontecido durante os últimos dias. Vi o judeuzinho feio que era o meu senhorio vociferando em seus quartos. Vi seus dois filhos admirados e o rosto enrugado da velha quando perguntou sobre o gato dela. Experimentei de novo a estranha sensação de ver o pano desaparecer. Depois, voltei para a colina gelada e para os velhos clérigos murmurando 'Terra à terra, cinza à cinza, pó ao pó', no túmulo aberto do meu pai.

"'Você também', disse a voz, e, de repente, eu estava sendo empurrado para dentro do túmulo. Eu lutei, gritei, apelei para os enlutados, mas eles continuaram seguindo a oração rigidamente. Os velhos clérigos também nunca pararam de zumbir e fungar durante o ritual. Eu percebi que era invisível e inaudível, que forças avassaladores tinham me agarrado. Lutei em vão, fui empurrado sobre a margem, o caixão rangeu oco quando eu caí sobre ele e pás começaram a lançar cascalho sobre mim. Ninguém me ajudou, ninguém tinha consciência de mim. Eu fiz esforços convulsivos e acordei.

"O pálido amanhecer de Londres tinha chegado, o lugar estava cheio de uma luz cinzenta e gélida que filtrava as bordas das persianas das janelas. Eu me sentei, e, por um momento, não consegui pensar onde esse amplo lugar, com seus balcões, suas pilhas de coisas enroladas, seus montes de colchas e almofadas, seus pilares de ferro, poderia ser. Então, quando a recordação voltou para mim, ouvi vozes conversando.

"Então, mais abaixo do lugar, sob a luz mais clara de algum departamento que já tinha aberto suas persianas, vi dois homens se aproximando. Eu fiquei em pé, procurando ao meu redor alguma forma de escapar, e, enquanto fazia aquilo, o som do meu movimento os deixou cientes de mim. Imagino que tenham meramente visto uma figura se movendo silenciosa e rapidamente para longe. 'Quem é aquele?' exclamou um, e 'Pare aí!' gritou o outro. Eu corri até um canto e fui a todo vapor — uma figura sem rosto, não se esqueça! — de encontro a um rapaz magricela de quinze anos. Ele gritou e eu o empurrei para o lado, passei por ele correndo, virei em outro canto e, por uma inspiração feliz, atirei-me atrás de um balcão. No instante seguinte, pés passaram correndo e ouvi vozes gritando, 'Todos direto para as portas!', perguntando o que tinha acontecido e dando uns aos outros sugestões sobre como me pegar.

"Deitado no chão, fiquei morrendo de medo. Mas, por mais estranho que pareça... Não me ocorreu naquele momento tirar as minhas roupas, como deveria ter feito. Eu tinha me decidido, eu acho, a fugir com elas e aquilo me dominou. E depois por cima dos balcões veio um berro de 'Aqui está ele!'

"Eu fiquei de pé, agarrei uma cadeira do balcão e a lancei girando em cima do tolo que tinha gritado. Eu me virei e acabei encontrando mais um, que atirei para longe, e corri escada acima.

Ele se manteve firme, deu um grito de aviso aos outros e subiu a escada doido atrás de mim. Acima da escada, estava empilhada uma infinidade daqueles potes coloridos... O que eles são?"

"Vasos de artesanato", sugeriu Kemp.

"Isso! Vasos de artesanato. Bem, eu subi o último degrau e virei para o lado, arranquei um de uma pilha e quebrei na cabeça idiota dele quando veio para cima de mim. A pilha toda de vasos caiu com tudo e ouvi gritos e pés correndo de todas as partes. Eu corri loucamente até a seção de frios e ali havia um homem de branco, como um cozinheiro, que assumiu a perseguição. Eu fiz mais uma curva desesperada e me vi entre lamparinas e acessórios de metal. Fui para trás do balcão e esperei pelo meu cozinheiro. Quando ele apareceu à frente da perseguição, eu o dobrei no meio com uma lamparina. Ele foi abaixo e eu me agachei atrás do balcão e comecei a tirar as roupas o mais rápido que podia. Casaco, jaqueta, calças, sapatos, tudo muito bem, mas uma roupa de baixo de lã se adapta a um homem como se fosse pele. Eu ouvi mais homens chegando, meu cozinheiro estava deitado quieto do outro lado do balcão, atordoado ou mudo de medo, e eu tive que correr de novo, como um coelho acossado para fora de uma pilha de madeira.

"'Por aqui, policial!' eu ouvi alguém gritando. Eu me vi no setor das camas de novo e no fim de uma imensidão de guarda-roupas. Eu corri por eles, me acalmei e me livrei da roupa de baixo depois de me contorcer infinitamente. Eu me tornei um homem livre novamente, ofegante e assustado, enquanto os policiais e três funcionários da loja surgiam de um canto. Eles correram para as roupas e apanharam as calças. 'Ele está largando o saque', disse um dos jovens. 'Ele deve estar em algum lugar por aqui.'

"Mas eles não me encontraram mesmo assim.

"Eu fiquei observando sua caçada atrás de mim por um tempo, amaldiçoando minha má sorte por perder as roupas. Depois, fui para a seção de frios, bebi um pouco de leite que encontrei ali e me sentei perto do fogo para considerar minha posição.

"Em pouco tempo, dois assistentes vieram e começaram a conversar sobre o assunto muito animadamente, como os tolos que eram. Ouvi um relato exagerado das minhas depredações e outras especulações sobre o meu paradeiro. Então, comecei a planejar novamente. A dificuldade intransponível do lugar, especialmente agora que estavam alarmados, era como conseguir tirar algo dali. Eu desci até o armazém para ver se havia alguma chance de empacotar e endereçar uma encomenda, mas não consegui entender o sistema de cobrança. Por volta das onze, com a neve derretendo enquanto caía e o dia sendo mais bonito e um pouco mais quente que o anterior, decidi que o empório era uma causa perdida e saí novamente, irritado pelo meu desejo de sucesso, com apenas vagos planos de ação em mente."

Capítulo 23
Na Drury Lane

"Mas agora você começa a perceber", disse o Homem Invisível, "a completa desvantagem da minha condição. Eu não tinha abrigo, nenhuma proteção. Arranjar roupas era renunciar a toda a minha vantagem, me tornar uma coisa estranha e terrível. Eu estava em jejum, pois comer, me encher de matéria não assimilada, seria me tornar grotescamente visível novamente."

"Nunca tinha pensado nisso", disse Kemp.

"Nem eu. E a neve tinha me alertado de outros perigos. Eu não podia sair na neve... Ela cairia em mim e me deixaria exposto. A chuva também me tornaria uma silhueta molhada, uma superfície brilhante de um homem... Uma bolha. E a neblina... Eu seria uma bolha mais pálida na neblina, uma superfície, um brilho oleoso de humanidade. Além disso, enquanto eu andava, no ar de Londres... Fiquei com os tornozelos sujos, com pó e sujeira na minha pele. Eu não sabia quanto tempo demoraria até eu me tornar visível por causa daquilo também. Mas eu via claramente que não demoraria muito. Não em Londres, de qualquer forma.

"Eu fui para as favelas em direção à Great Portland Street e me vi no fim da rua em que tinha me hospedado. Eu não fui naquela direção por causa de uma multidão do outro lado das ruínas ainda fumegantes da casa que eu tinha incendiado. Meu problema mais imediato era arranjar roupas. O que fazer com o meu rosto me intrigava. Então, vi em uma daquelas pequenas lojas de miscelâneas — jornais, doces, brinquedos, artigos de papelaria, bobagens tardias de Natal e por aí vai — uma gama de máscaras e narizes. Percebi que o problema estava resolvido. Num instante, vi meu caminho. Eu me virei, agora com um rumo, e fui... Indiretamente, para evitar os caminhos movimentados, para as ruas de trás ao norte da Strand, pois me lembrei, embora não muito distintamente onde, que alguns figurinistas teatrais tinham lojas naquele distrito.

"O dia estava frio, com um vento afiado correndo para o norte das ruas. Eu andei depressa para evitar ser ultrapassado. Cada travessia era um perigo, cada passageiro uma coisa para observar com atenção. Um homem, quando eu estava prestes a passar por ele, no começo da Bedford Street, virou-se abruptamente e veio para cima de mim, me jogando na estrada, quase embaixo das rodas de um carro que passava. O veredicto do cocheiro foi que ele tinha tido algum tipo de derrame. Eu fiquei tão irritado por esse encontro que fui até o Convent Garden Market e me sentei por algum tempo em um canto calmo, perto de uma barraca de violetas, ofegando e tremendo. Eu senti que tinha pegado uma gripe e precisei sair depois de um tempo, ou os meus espirros teriam chamado atenção.

"Finalmente, alcancei o objeto da minha busca, uma lojinha suja e contaminada em uma ruazinha perto da Drury Lane, com uma janela cheia de túnicas de lantejoulas, joias falsas, perucas, chinelos, tecidos e fotografias teatrais. A loja era antiquada, baixa e mal iluminada, e a casa se erguia sobre ela por quatro andares, escura e sombria. Eu espiei pela janela e, sem ver ninguém lá dentro, entrei. A abertura da porta fez uma campainha ruidosa tocar. Eu a deixei aberta e andei em volta de um manequim descoberto até um canto atrás de um espelho basculante. Durante um minuto ou mais, ninguém apareceu. Depois, ouvi passos pesados se arrastando pelo lugar e um homem apareceu na loja.

"Meus planos agora estavam perfeitamente definidos. Eu pretendia entrar na casa, me esconder lá em cima, esperar a minha oportunidade e, quando tudo estivesse quieto, vasculhar em busca de uma peruca, uma máscara, óculos e roupas, e sair para o mundo, talvez uma figura grotesca, mas ainda assim convincente. E, incidentalmente, é claro, eu poderia roubar qualquer dinheiro que houvesse disponível na casa.

"O homem que tinha acabado de entrar na loja era baixo, pequeno, corcunda, com sobrancelhas peludas, braços longos e pernas arqueadas muito curtas. Aparentemente, eu tinha interrompido uma refeição. Ele olhou em volta da loja com uma expressão de expectativa. Aquilo deu lugar à surpresa, depois à raiva, assim que percebeu que a loja estava vazia. 'Malditos moleques!' ele disse. Ele saiu para olhar para cima e para baixo da rua.

Entrou novamente em um instante, chutou a porta com o pé malignamente e foi resmungando de volta para a porta da casa.

"Eu fui à frente para segui-lo e, ao ouvir meu movimento, ele parou subitamente. Eu também parei, assustado pela agilidade do ouvido dele. Ele bateu a porta da casa na minha cara.

"Eu fiquei ali hesitante. De repente, ouvi seus passos rápidos voltando e a porta se abriu de novo. Ele ficou olhando em volta da loja como alguém que ainda não estava satisfeito. Então, murmurando para si mesmo, ele examinou atrás do balcão e espiou atrás de alguns equipamentos. Depois, ficou em dúvida. Ele tinha deixado a porta da casa aberta e eu me esgueirei para dentro.

"Era uma salinha estranha, pobremente mobiliada e com diversas máscaras grandes no canto. Na mesa estava seu café da manhã tardio, e aquilo foi abominavelmente exasperador para mim, Kemp, ter que cheirar o café dele e ficar olhando enquanto ele continuava sua refeição. E suas maneiras à mesa eram irritantes. Três portas se abriam para a salinha, uma indo para cima e outra para baixo, mas todas estavam fechadas. Eu não podia sair enquanto ele estivesse ali. Eu mal podia me mexer por causa de seu estado de alerta e havia uma corrente de ar nas minhas costas. Duas vezes eu sufoquei um espirro bem a tempo.

"A qualidade espetacular das minhas sensações era curiosa e nova, mas, depois de tudo, eu já estava profundamente cansado e irritado, bem antes de ele ter terminado de comer. Mas, finalmente, ele terminou e colocou sua louça pobre em uma bandeja preta de estanho, em cima da qual estava seu bule. Recolheu todas as migalhas com o pano manchado de mostarda e levou tudo com ele. Seu fardo o impediu de fechar a porta atrás de mim... como teria feito. Eu nunca vi um homem que gostasse tanto de fechar portas... E eu o segui até uma cozinha e uma copa subterrâneas muito sujas. Eu tive o prazer de vê-lo começar a limpar, e, então, percebendo que não adiantava ficar ali embaixo e sentindo o chão de tijolos frio sob os meus pés, voltei para cima e me sentei na cadeira dele, perto do fogo. Estava queimando fracamente, e, sem pensar, coloquei um pouco de carvão. O barulho daquilo o trouxe para cima imediatamente e ele ficou encarando. Ele investigou a sala e quase tocou em mim. Mesmo depois daquela avaliação, ele não parecia satisfeito. Parou na soleira da porta e fez uma inspeção final antes de descer.

"Eu esperei na salinha por uma eternidade e, finalmente, ele subiu e abriu a porta do andar de cima. Eu consegui passar por ele por pouco.

"Na escada, ele parou subitamente, e eu quase trombei nele. Ele ficou olhando bem para o meu rosto e escutando. 'Eu poderia ter jurado', ele disse. Sua mão longa e peluda puxou seu lábio inferior. Seus olhos foram acima e abaixo da escadaria. Depois, ele grunhiu e continuou subindo.

"A mão dele estava na maçaneta de uma porta e ele parou de novo com a mesma raiva confusa no rosto. Ele estava ficando ciente dos vagos sons dos meus movimentos em volta dele. O homem devia ter uma audição diabolicamente aguçada. De repente, teve um surto de raiva. 'Se tiver alguém nesta casa...', ele exclamou, como se fosse um juramento, e deixou a ameaça inacabada. Ele colocou a mão no bolso, não conseguiu encontrar o que queria, e, passando correndo por mim, foi em disparada para baixo, ruidoso e irado. Mas eu não o segui. Fiquei sentado no topo da escada até ele voltar.

"Naquele instante, ele subiu de novo, ainda resmungando. Ele abriu a porta do quarto e, antes que eu pudesse entrar, bateu a porta na minha cara.

"Eu resolvi explorar a casa e passei um tempo fazendo aquilo o mais silenciosamente possível. A casa era muito velha e parecia prestes a cair, tão úmida que o papel de parede no sótão estava descascando da parede, e infestada de ratos. Algumas das maçanetas estavam duras e fiquei com medo de virá-las. Diversos quartos que eu inspecionei estavam vazios e outros lotados com equipamentos de teatro, comprados de segunda mão, eu julguei, pela sua aparência. Em um quarto perto daquele eu encontrei diversas roupas velhas. Comecei a vasculhar entre elas e, em minha ansiedade, esqueci de novo da agudez evidente dos ouvidos dele. Eu ouvi um passo furtivo e, olhando bem a tempo, vi que ele estava espiando a pilha revirada e segurando um revólver antigo na mão. Fiquei perfeitamente imóvel enquanto ele encarava de boca aberta e desconfiado. 'Deve ter sido ela', ele disse lentamente. 'Maldita seja!'

"Ele fechou a porta silenciosamente e, imediatamente, ouvi a chave sendo virada na fechadura. Depois, seus passos recuaram. Eu percebi abruptamente que tinha ficado trancado lá dentro. Por um momento, eu não soube o que fazer. Fui da porta até a janela, voltei e parei, perplexo. Uma rajada de raiva me atingiu. Mas eu decidi inspecionar as roupas antes de fazer qualquer outra coisa e minha primeira tentativa fez cair uma pilha de uma das prateleiras de cima. Aquilo o trouxe de volta, mais sinistro do que nunca. Daquela vez, ele chegou a tocar em mim, pulou para trás e ficou boquiaberto no meio do quarto.

"Naquele momento, ele se acalmou um pouco. 'Ratos', ele disse em voz baixa, com os dedos nos lábios. Ele estava evidentemente um pouco assustado. Eu saí silenciosamente do quarto, mas uma tábua rangeu. Então, o pequeno e infernal brutamontes começou a andar pela casa toda, com o revólver na mão, fechando uma porta atrás da outra e colocando as chaves nos bolsos. Quando eu percebi o que ele estava fazendo, tive um ataque de raiva... Eu mal podia me controlar o suficiente para esperar pela minha oportunidade. Àquela altura, eu sabia que ele estava sozinho na casa, então não fiz mais cerimônia e bati na cabeça dele."

"Bateu na cabeça dele?", exclamou Kemp.

"Sim. Deixei ele desacordado, enquanto ele estava descendo. Bati nele por trás com um banquinho que estava no patamar. Ele foi escada abaixo como um saco de botas velhas."

"Mas... estou dizendo! As convenções comuns da humanidade..."

"São todas muito boas para pessoas comuns. Mas a questão era, Kemp, que eu precisava sair daquela casa disfarçado, sem que ele me visse. Eu não consegui pensar em nenhuma outra maneira de fazer aquilo. Depois, eu o amordacei com um colete Luís Catorze e o amarrei em um lençol."

"Amarrou em um lençol!"

"Fiz uma espécie de sacola com ele. Foi uma ideia bastante boa para manter o idiota assustado e com medo, e sair daquilo seria diabolicamente difícil, com a cabeça para longe do cordão. Meu caro Kemp, não adianta ficar sentado me encarando como se eu fosse um assassino. Tinha que ser feito. Ele tinha o revólver dele. Se me visse apenas uma vez, seria capaz de me descrever..."

"Mas ainda assim", disse Kemp, "na Inglaterra, hoje. E o homem estava na própria casa dele. E você estava... bem, roubando."

"Roubando! Diabos! Você vai me chamar de ladrão em seguida! Certamente, Kemp, você não é tolo o suficiente para dançar conforme a velha música. Não consegue ver em que posição eu estava?"

"E ele também", disse Kemp.

O Homem Invisível levantou-se abruptamente. "O que você está querendo dizer?"

O rosto de Kemp ficou um pouco rígido. Ele estava prestes a falar e se controlou. "Eu imagino que, no fim das contas", ele disse com uma mudança súbita em seu jeito, "que a coisa tinha que ser feita. Você estava em um dilema. Mas ainda assim..."

"Claro que eu estava em um dilema, um dilema infernal. E ele me deixou louco também... Me caçando pela casa, brincando com aquele revólver, trancando e destrancando portas. Ele era simplesmente irritante. Você não me culpa, não é? Você não me culpa?"

"Eu nunca culpo ninguém", disse Kemp. "É algo que está bastante fora de moda. O que você fez em seguida?"

"Eu estava com fome. Lá embaixo eu encontrei pão e um pouco de queijo, mais do que o suficiente para satisfazer minha fome. Peguei um pouco de brandy e água, e depois fui até a minha sacola improvisada — ele estava deitado bastante quieto — até o quarto contendo as roupas velhas. Ele tinha vista para rua, com duas cortinas de renda sujas protegendo a janela. Eu fui e espiei pelas brechas. Lá fora o dia estava claro — contrastando com as sombras marrons da casa sombria em que eu me encontrava, ofuscantemente claro. Um trânsito vigoroso estava passando, carrinhos de frutas, um cabriolé, um carro com uma pilha de caixas, uma carroça de peixeiro. Eu me virei, com manchas de cor nadando diante dos meus olhos, para os equipamentos escuros atrás de mim. Minha empolgação estava sendo substituída por uma apreensão clara em relação à minha posição novamente. O quarto estava cheio do cheiro vago de benzolina, usada, eu imagino, para limpar os vestuários.

"Comecei uma busca sistemática pelo lugar. Eu acreditava que o corcunda tinha ficado sozinho na casa por um tempo. Ele era uma pessoa curiosa. Recolhi tudo que poderia possivelmente me servir no depósito de roupas e depois diz uma seleção deliberada. Encontrei uma mala que pensava ser uma aquisição adequada e um pouco de pó, blush e um emplastro.

"Eu tinha pensado em pintar e passar pó no meu rosto e em toda parte de mim que ficasse à mostra para me tornar visível, mas a desvantagem disso estava no fato de que eu precisaria de terebintina, de outros equipamentos e de uma considerável quantidade de tempo antes de poder desaparecer de novo. Finalmente, escolhi uma máscara do melhor tipo, ligeiramente grotesca, mas não mais do que muitos seres humanos, óculos escuros, costeletas cinzentas e uma peruca. Eu não consegui encontrar nenhuma roupa de baixo, mas aquilo eu poderia comprar depois, e, naquele meio tempo, ficaria embrulhado em tecidos de chita e alguns cachecóis de caxemira branca. Eu não conseguia encontrar meias, mas as botas do corcunda eram largas e foram suficientes. Em uma mesa na loja estavam três soberanos e cerca de trinta xelins de prata, e, em um armário trancado que eu arrombei no quarto de dentro, estavam oito libras de ouro. Eu poderia seguir de volta para o mundo, equipado.

"Então, veio uma hesitação curiosa. A minha aparência estava realmente convincente? Eu me observei em um pequeno espelho do quarto, me inspecionando de cada ponto de vista para descobrir alguma fenda esquecida, mas tudo parecia protegido. Eu estava grotesco para o campo teatral, um avaro de palco, mas certamente não era uma impossibilidade física. Ganhando confiança, levei meu espelho para baixo até a loja, abri as persianas da loja e me inspecionei de todos os pontos de vista com a ajuda do espelho basculante no canto.

"Passei alguns minutos arranjando coragem, e depois destranquei a porta da loja e marchei para a rua, deixando o homenzinho sair de seu lençol novamente quando quisesse. Em cinco minutos, uma dúzia de esquinas estava entre mim e a loja do figurinista. Ninguém parecia me notar muito distintamente. Minha última dificuldade parecia ter sido superada."

Ele parou de novo.

"E você não se preocupou mais com o corcunda?", disse Kemp.

"Não", disse o Homem Invisível. "Nem soube o que aconteceu com ele. Imagino que ele tenha se desamarrado ou chutado o lençol até sair. Os nós estavam bem apertados."

Ele ficou silencioso, foi até a janela e olhou para fora.

"O que aconteceu quando você saiu para a Strand?"

"Oh! Desilusão de novo. Pensei que meus problemas tinham terminado. Praticamente, eu pensei que tinha impunidade para fazer o que quisesse, tudo... Exceto revelar meu segredo. Assim pensei eu. O que quer que eu fizesse, quaisquer que fossem as consequências, não era nada para mim. Eu simplesmente tinha que atirar minhas roupas para o lado e desaparecer. Nenhuma pessoa poderia me segurar. Eu poderia pegar dinheiro onde o encontrasse. Decidi me presentear com um banquete suntuoso e depois ficar em um bom hotel, acumulando a propriedade de novos equipamentos. Eu me sentia surpreendentemente confiante. Não é particularmente agradável me lembrar de que fui um imbecil. Eu fui até um lugar e já estava pedindo o almoço, quanto me ocorreu que eu não poderia comer a menos que expusesse meu rosto invisível. Eu terminei de pedir o almoço, disse ao homem que voltaria em dez minutos, e saí irritado. Não sei se alguma vez já teve seu apetite desapontado."

"Não tanto assim", disse Kemp, "mas posso imaginar."

"Eu poderia ter arrebentado os malditos. Finalmente, tonto com o desejo por comida apetitosa, eu fui para outro lugar e exigi uma sala reservada. 'Estou desfigurado', eu disse. 'Seriamente'. Eles olharam para mim curiosamente, mas é claro que não era da conta deles... E assim eu finalmente consegui meu almoço. Não fui particularmente bem servido, mas foi suficiente. E quando terminei, me sentei com um charuto, tentando planejar minha linha de ação. E lá fora uma tempestade estava começando.

"Quanto mais eu pensava naquilo, Kemp, mais eu percebia que absurdo inútil um Homem Invisível era... Em um clima frio e sujo em uma cidade cheia e civilizada. Antes de fazer aquele experimento maluco, eu tinha sonhado em mil vantagens. Naquela tarde, tudo pareceu uma decepção. Eu fui até o limite das coisas um homem considera desejáveis. Sem dúvida a invisibilidade tornava possível obtê-las, mas tornava impossível aproveitá-las quando fossem obtidas. Ambição... qual é a vantagem do lugar de honra quando não se pode aparecer ali? Qual é a vantagem do amor de uma mulher quando seu nome deve ser Dalila? Eu não tenho gosto por política, pelas arruaças da fama, pela filantropia, pelo esporte. O que eu deveria fazer? E por isso, tive que me tornar um mistério agasalhado, uma caricatura embrulhada e enfaixada de um homem!"

Ele fez uma pausa e sua atitude sugeria um olhar errante para a janela.

"Mas como você chegou a Iping?", disse Kemp, ansioso para manter seu hóspede ocupado falando.

"Eu fui para lá para trabalhar. Eu tinha uma esperança. Era uma ideia incompleta! E ainda a tenho. É uma ideia desenvolvida agora. Uma forma de voltar atrás! De recuperar o que eu fiz. Quando eu quiser. Quando eu tiver feito tudo o que queria invisivelmente. E é principalmente sobre isso que quero falar com você agora."

"Você foi diretamente para Iping?"

"Sim. Eu tive simplesmente que pegar meus três volumes de anotações e meu talão de cheques, minha bagagem e roupas de baixo, solicitar uma quantidade de produtos químicos para desenvolver essa minha ideia — vou lhe mostrar os cálculos assim que pegar meus livros — e, então, eu comecei. Deus! Eu me lembro da nevasca agora, e do maldito trabalho que foi impedir a neve de umedecer meu nariz de papelão."

"No final", disse Kemp, "antes de ontem, quando eles o encontraram, você preferiu... Considerando os jornais..."

"Sim. Preferi. Eu matei aquele idiota daquele policial?"

"Não", disse Kemp. "Ele deve se recuperar."

"Sorte a dele, então. Eu perdi completamente a minha cabeça, aqueles tolos! Por que não podiam me deixar em paz? E aquele vendedor estúpido?

"Não há nenhuma morte registrada", disse Kemp.

"Eu não estou certo sobre aquele meu mendigo", disse o Homem Invisível, com uma risada desagradável.

"Por Deus, Kemp, você não sabe o que é a raiva! Ter trabalhado por anos, ter planejado, tramado e depois ter um imbecil desajeitado atrapalhando seu caminho!... Todo tipo imaginável de criatura tola já criada foi enviada para me atrapalhar.

"Se eu continuar passando por isso, vou ficar louco... Vou começar a ceifá-los. Do jeito que as coisas estão, eles já tornaram tudo mil vezes mais difícil."

"Sem dúvida é irritante", disse Kemp, secamente.

Capítulo 24
O Plano que Falhou

"Mas agora", disse Kemp, olhando de lado para a janela, "o que nós vamos fazer?"

Ele foi mais para perto do seu convidado enquanto ele falava, de modo a prevenir a possibilidade de uma visão súbita dos três homens que estavam subindo a estrada da colina — com uma lentidão intolerável, como parecia a Kemp.

"O que você estava planejando fazer quando estava indo em direção a Port Burdock? Você tinha algum plano?"

"Eu pretendia sair do país. Mas mudei bastante esse plano desde que encontrei você. Achei que seria sábio, agora que o tempo está mais quente e a invisibilidade é possível, ir em direção ao sul. Especialmente já que o meu segredo foi revelado e todos devem estar procurando um homem mascarado e embrulhado. Há uma linha de navios a vapor que sai daqui até a França. Minha ideia era embarcar em um e correr os riscos da travessia. De lá eu poderia ir de trem até a Espanha ou até a Argélia. Não seria difícil. Lá um homem poderia ser sempre invisível — e ainda assim viver. E fazer coisas. Eu estava usando aquele mendigo como cofre e porta-bagagens, até decidir como arranjar um jeito de enviar meus livros e minhas coisas ao meu encontro. "

"Isso é claro."

"E então o bruto imundo tinha que me roubar! E ele escondeu os meus livros, Kemp. Escondeu os meus livros! Se eu colocar minhas mãos nele!"

"O melhor plano é tirar os livros dele primeiro."

"Mas onde ele está? Você sabe?"

"Ele está na delegacia de polícia da cidade, trancado, a seu próprio pedido, na cela mais resistente do lugar."

"Patife!", disse o Homem Invisível.

"Mas isso atrasa um pouco os seus planos."

"Nós precisamos pegar aqueles livros. Aqueles livros são essenciais."

"Certamente", disse Kemp, um pouco nervosamente, imaginando se tinha ouvido passos lá fora. "Certamente precisamos pegar aqueles livros. Mas isso não será difícil, se ele não souber que são para você."

“Não”, disse o Homem Invisível, e pensou.

Kemp tentou pensar em algo para continuar a conversa, mas o Homem Invisível continuou por vontade própria.

“Vir parar na sua casa, Kemp”, ele disse, “muda todos os meus planos. Pois você é um homem que pode entender. Apesar de tudo que aconteceu, apesar dessa publicidade, da perda dos meus livros, do que eu sofri, ainda há grandes possibilidades, possibilidades imensas...”

“Você não contou para ninguém que estou aqui?”, ele perguntou abruptamente.

Kemp hesitou. “Isso estava implícito”, ele disse.

“Ninguém?”, insistiu Griffin.

“Nem uma alma.”

“Ah! Agora...” O Homem Invisível ficou em pé e, colocando as mãos na cintura, começou a andar pela sala.

“Eu cometi um erro, Kemp, um grande erro, continuando isso sozinho. Eu desperdicei forças, tempo, oportunidades. Sozinho... É incrível o quão pouco um homem pode fazer sozinho! Roubar um pouco, machucar um pouco, e acaba aí.

“O que eu quero, Kemp, é um guardião, um ajudante, e um esconderijo, um lugar onde eu possa dormir, comer e descansar em paz, e livre de suspeitas. Eu preciso de um aliado. Com comida e descanso... Mil coisas são possíveis.

“Até agora, eu fui por linhas vagas. Nós precisamos considerar tudo o que a invisibilidade significa, tudo o que não significa. Significa pouca vantagem para espionar e coisas assim — uma pessoa faz barulho. É de pouca ajuda — uma ajudinha talvez — para invadir e coisas assim. Uma vez que me pegam, podem facilmente me aprisionar. Mas, por outro lado, sou difícil de capturar. Esta invisibilidade, na verdade, é apenas boa em dois casos: é boa para escapar, é boa para se aproximar. É particularmente útil, portanto, para matar. Eu posso dar a volta em um homem, seja lá qual arma ele tiver, escolher meu alvo, atingi-lo como quiser. Desviar como quiser. Escapar como quiser."

A mão de Kemp foi até seu bigode. Aquilo era um movimento lá embaixo?

"E matar é o que devemos fazer, Kemp."

"Matar é o que devemos fazer", repetiu Kemp. "Estou ouvindo o seu plano, Griffin, mas não estou concordando, veja bem. Por que matar?"

"Não matar gratuitamente, mas um assassinato judicioso. O ponto é, eles sabem que existe um Homem Invisível... Tão bem quanto nós sabemos que existe um Homem Invisível. E esse Homem Invisível, Kemp, deve estabelecer um Reino de Terror agora. Sim, sem dúvida é assustador. Mas estou falando sério. Um Reino de Terror. Ele deve tomar uma cidade como a sua Burdock, aterrorizá-la e dominá-la. Ele deve dar suas ordens. Ele pode fazer isso de mil formas... Tiras de papel jogadas embaixo das portas seria suficiente. E ele deveria matar todos que desobedecessem suas ordens, e matar todos que os defendessem."

"Hunf!", disse Kemp, que não estava mais ouvindo Griffin, mas sim o som de sua porta da frente se abrindo e fechando.

"Me parece, Griffin", ele disse, para acobertar sua atenção vaga, "que seu aliado estaria em uma posição difícil."

"Ninguém saberia que ele era um aliado", disse o Homem Invisível, ansiosamente. E depois, de repente, "Quieto! O que é isso lá embaixo?"

"Nada", disse Kemp, e de repente começou a falar alto e rápido. "Não concordo com isso, Griffin", ele disse. "Entenda, eu não concordo com isso. Por que sonhar em jogar contra seus iguais? Como você pode esperar encontrar felicidade? Não seja um lobo solitário. Publique seus resultados; leve o mundo, leve a nação ao menos, a seu conhecimento. Pense no que poderia fazer com um milhão de ajudantes..." O Homem Invisível o interrompeu, com o braço estendido. "Estou ouvindo passos subindo", ele disse em uma voz baixa.

"Bobagem", disse Kemp.

"Deixe-me ver", disse o Homem Invisível, e avançou, com o braço estendido, até a porta.

Então, as coisas aconteceram muito rapidamente. Kemp hesitou por um segundo e depois moveu-se para interceptá-lo. O Homem Invisível assustou-se e ficou parado. "Traidor!", exclamou a voz. De repente, o roupão se abriu e, sentado, o Oculto começou a despir-se. Kemp deu três passos rápidos em direção à porta, e, imediatamente, o Homem Invisível — suas pernas tinham desaparecido — ergueu-se com um grito. Kemp escancarou a porta.

Quando a porta se abriu, ouviu-se um som de pés se apressando e vozes lá embaixo.

Com um movimento rápido, Kemp empurrou o Homem Invisível para trás, foi para o outro lado e fechou a porta. A chave estava do lado de fora, de prontidão. Em um instante, Griffin teria ficado sozinho na sala de estudo do terraço, como prisioneiro. Exceto por um pequeno detalhe. A chave tinha sido colocada na fechadura apressadamente naquela manhã. Quando Kemp bateu a porta, a chave caiu silenciosamente no tapete.

O rosto de Kemp ficou branco. Ele tentou agarrar a maçaneta com as duas mãos. Por um momento, ficou segurando. Então, a porta cedeu quinze centímetros. Mas ele a fechou novamente. Na segunda vez, foi escancarada com trinta centímetros de abertura e o roupão começou a forçar sua passagem por ela. Sua garganta foi agarrada por dedos invisíveis e ele largou a maçaneta para se defender. Ele foi empurrado para trás, tropeçou e caiu pesadamente no canto do patamar. O roupão vazio foi atirado em cima dele.

No meio da escada estava o Coronel Adye, o destinatário da carta de Kemp, o chefe da polícia de Burdock. Ele estava observando abismado a aparição súbita de Kemp, seguida pela visão extraordinária de roupas sendo jogadas vazias no ar. Ele viu Kemp ser derrubado e lutar para ficar em pé. Ele o viu correndo para frente e caindo novamente, derrubado como um touro.

Então, de repente, ele foi atingido violentamente. Por nada! Um grande peso, ao que parecia, pulou sobre ele, e ele foi arremessado de ponta cabeça pela escada abaixo, com um aperto na garganta e uma joelhada na virilha. Um pé invisível pisou em suas costas, passos fantasmagóricos desceram as escadas. Ele ouviu os dois policiais no corredor gritarem e correrem, e a porta da frente da casa foi fechada com violência.

Ele rolou para o lado e sentou-se observando. Viu Kemp, cambaleando escada abaixo, sujo e desgrenhado, um lado de seu rosto branco por causa de um golpe, seu lábio sangrando e segurando um roupão e algumas roupas de baixo em seus braços.

"Meu Deus!", exclamou Kemp, "o jogo acabou! Ele se foi!"

Capítulo 25
A Caçada pelo Homem Invisível

Por um instante, Kemp ficou inarticulado demais para fazer Adye entender as coisas rápidas que tinham acabado de acontecer. Eles ficaram em pé no patamar, Kemp falando rapidamente, os trajes grotescos de Griffin ainda em seus braços. Mas naquele momento Adye começou a compreender algo da situação.

"Ele está louco", disse Kemp; "desumano. Ele é puro egoísmo. Ele não pensa em nada além de vantagens para si próprio, sua própria segurança. Eu escutei uma história de egoísmo brutal hoje de manhã... Ele feriu homens. Ele vai matá-los a menos que possamos impedi-lo. Ele vai criar pânico. Nada pode impedi-lo. Ele está saindo agora... Furioso!"

"Ele deve ser capturado", disse Adye. "Isso é certo".

"Mas como?", exclamou Kemp, e de repente ficou cheio de ideias. "Você deve começar imediatamente. Deve colocar todo homem disponível para trabalhar; deve impedir que ele saia deste distrito. Uma vez que ele sair, ele pode atravessar o interior, como ele quer, matando e mutilando. Ele sonha com um reino de terror! Um reino de terror, estou dizendo. Você precisa montar guarda em trens, estradas e navios. A guarda deve ajudar. Você precisa solicitar ajuda. A única coisa que pode prendê-lo aqui é a ideia de recuperar alguns livros de anotações que são de valor para ele. Vou lhe contar sobre isso! Há um homem na sua delegacia... Marvel."

"Eu sei", disse Adye. "Eu sei. Aqueles livros... Sim. Mas o mendigo..."

"Disse que não está com eles. Mas ele acha que o mendigo está. E você precisa impedi-lo de comer ou dormir. Dia e noite o país deve estar atrás dele. A comida deve ser trancada e protegida, toda comida, para que ele precise lutar para encontrá-la. Todas as casas devem ser vedadas contra ele. Que os céus nos mandem noites frias e chuva! Todo o país deve começar a caçar e continuar caçando. Estou dizendo Adye, ele é perigoso, um desastre. A menos que seja capturado e trancafiado, é assustador pensar nas coisas que podem acontecer."

"O que mais podemos fazer?", disse Adye. "Eu preciso descer imediatamente e começar a organizar. Mas por que não vem?

Sim... Venha você também. Venha, precisamos montar uma espécie de conselho de guerra... Pedir a Hopps para ajudar... E os gerentes da ferrovia. Por Deus! É urgente. Venha, me conte no caminho. O que mais podemos fazer? Largue essas coisas."

Em um instante, Adye estava guiando o caminho para baixo. Eles encontraram a porta da frente aberta e os policiais em pé lá fora, encarando o vazio. "Ele escapou, senhor", disse um.

"Nós precisamos ir para a estação central de uma vez", disse Adye. "Um de vocês vá até lá embaixo e peça a um carro para vir até aqui nos pegar, rápido. E agora, Kemp, o que mais?"

"Cães", disse Kemp. "Arranje cães. Eles não o veem, mas sentem o cheiro. Arranje cães."

"Bom", disse Adye. "Não é de conhecimento geral, mas os oficiais da prisão em Halstead conhecem um homem que tem farejadores. Cães. O que mais?"

"Tenha em mente", disse Kemp, "que a comida dele aparece. Depois de comer, a comida dele aparece até ser assimilada. Então ele tem que se esconder depois de comer. Você precisa continuar procurando. Cada arbusto, cada esquina solitária. E guardar todas as suas armas... Todos os implementos que possam ser usados como armas. Ele não pode continuar desse jeito. E o que ele puder agarrar e usar para atingir os homens deve ser escondido."

"Bom também", disse Adye. "Nós vamos pegá-lo!"

"E nas estradas", disse Kemp, e hesitou.

"Sim?", disse Adye.

"Vidro moído", disse Kemp. "É cruel, eu sei. Mas pense no que ele pode fazer!"

Adye puxou o ar ruidosamente entre os dentes. "É antidesportivo. Não sei. Mas vou preparar vidro moído. Se ele for muito longe..."

"O homem se tornou desumano, estou dizendo", disse Kemp. "Tenho certeza de que ele vai estabelecer um reino de terror, assim que ele tiver superado a emoção de sua fuga... Como tenho certeza de estar aqui falando com você. Nossa única chance é estar à frente. Ele se desligou de sua própria espécie. Seu sangue cairá sobre sua própria cabeça."

Capítulo 26
O Assassinato de Wicksteed

O Homem Invisível parece ter fugido da casa de Kemp em um estado de fúria cega. Uma criancinha brincando perto do portão de Kemp foi violentamente agarrada e atirada para o lado, de tal forma que quebrou seu tornozelo, e desde então, por algumas horas, o Homem Invisível passou despercebido pelos homens. Ninguém sabia onde ele estava indo ou o que estava fazendo. Mas podiam imaginá-lo correndo pela manhã quente de junho, subindo a colina até o campo aberto atrás de Port Burdock, enraivecido e desesperado pelo seu destino insuportável, e encontrando abrigo, finalmente, acalorado e cansado, no meio dos arbustos de Hintondean, para retomar seus esquemas destroçados contra sua espécie. Aquele parecia o refúgio mais provável para ele. E foi lá que ele reassegurou a si mesmo de uma maneira sombriamente trágica por volta das duas da tarde.

É possível imaginar qual teria sido seu estado de espírito durante aquele tempo e os planos que ele concebia. Sem dúvida, ele estava quase estaticamente exasperado pela traição de Kemp, e embora ele pudesse ser capaz de entender os motivos que levaram àquela mentira, podemos ainda assim imaginar, e até mesmo simpatizar um pouco com a fúria que a surpresa pretendida deve ter ocasionado. Talvez algo do espanto assombrado de seus experimentos na Oxford Street tivesse retornado a ele, pois ele tinha evidentemente contado com a cooperação de Kemp em seu sonho brutal de um mundo aterrorizado. De qualquer forma, ele desapareceu da humanidade por volta do meio dia, e nenhuma testemunha viva pode dizer o que ele fez até cerca de duas e meia. Era uma sorte, talvez, para a humanidade, mas para ele tratava-se de uma inércia fatal.

Durante aquele tempo, uma multidão crescente de homens espalhados pelo interior ficou ocupada. Pela manhã, ele tinha sido simplesmente uma lenda, um terror. À tarde, principalmente pelo mérito da proclamação seca de Kemp, ele foi apresentado como um antagonista tangível, que devia ser ferido, capturado ou superado, e o interior começou a se organizar com uma rapidez inconcebível. Às duas, ele ainda poderia ter saído do distrito subindo em um trem, mas depois aquilo tornou-se impossível. Cada trem de passageiro nas linhas de um grande paralelogramo entre Southampton, Manchester, Brighton e Horsham, viajava com portas trancadas, e o transporte de bens foi praticamente inteiramente suspendido. E em um grande círculo de mais de trinta quilômetros em volta de Port Burdock, homens armados com revólveres e cassetetes estavam organizando-se em grupos de três ou quatro, com cães, para bater as estradas e os campos.

A polícia montada cavalgou pelas estradas, parando em cada casa e avisando às pessoas para trancarem suas casas e ficarem do lado de dentro, a menos que estivessem armados, e todas as escolas primárias tinham sido fechadas às três, e as crianças, assustadas e agrupadas, estavam correndo para casa. A proclamação de Kemp — assinada embaixo por Adye — foi publicada em quase todo o distrito às quatro ou cinco horas da tarde. Ela dava, breve, mas claramente, todas as condições da luta, a necessidade de privar o Homem Invisível de comida e sono, a necessidade de vigilância constante e de atenção imediata a qualquer evidência de seus movimentos. E a ação das autoridades foi tão rápida e decidida, a crença naquele ser estranho foi tão imediata e universal, que, antes do anoitecer, uma área de centenas de quilômetros estava em estado de sítio rigoroso. E também antes do anoitecer, uma emoção de horror atravessou todo o interior vigilante. A história do assassinato do Sr. Wicksteed era sussurrada de boca a boca, rápida e certeiramente por toda a extensão e amplitude do campo.

Se nossa suposição de que o refúgio do Homem Invisível eram os arbustos de Hintondean, então devemos supor que no começo da tarde ele deve ter investido novamente em algum projeto que envolvia o uso de uma arma. Não podemos saber que projeto era, mas a evidência de que ele tinha uma barra de ferro em mãos antes de encontrar Wicksteed é, para mim, no mínimo alarmante.

É claro que não podemos saber nada sobre os detalhes daquele encontro. Ocorreu nos limites de uma pedreira, a cerca de duzentos metros do portão de Lord Burdock. Tudo aponta para uma luta desesperada — o chão pisoteado, os inúmeros ferimentos que o Sr. Wicksteed recebeu, sua bengala lascada. Mas, por que o ataque foi realizado, exceto em um frenesi assassino, é impossível imaginar. Certamente, a teoria da loucura é quase inevitável. O Sr. Wicksteed era um homem de quarenta e cinco ou quarenta e seis, administrador de Lord Burdock, de hábitos e aparência inofensivos, a última pessoa no mundo que provocaria um antagonista tão terrível. Contra ele, parecia que o Homem Invisível tinha usado uma barra de ferro arrastada de um pedaço quebrado da cerca. Ele parou aquele homem sossegado, que estava indo calmamente para casa para fazer sua refeição do meio-dia, atacou-o, derrotou suas defesas débeis, quebrou seu braço, derrubou-o e esmagou sua cabeça.

É claro que ele deveria ter arrastado aquela barra da cerca antes de encontrar sua vítima — ele devia estar carregando a barra prontamente na mão. Apenas dois detalhes além do que já foi dito parecem importar no assunto. Um é a circunstância de a pedreira não ser no caminho direto do Sr. Wicksteed para casa, mas ficar quase cem metros fora de seu caminho. O outro é a afirmação de uma garotinha de que, indo para a escola à tarde, ela viu o homem assassinado "trotando" de uma maneira peculiar através de um campo em direção à pedreira. Sua mímica da ação dele sugere um homem perseguindo algo no chão à sua frente e acertando aquilo várias vezes com sua bengala. Ela foi a última pessoa a vê-lo com vida. Ele passou daquele instante para a morte, sendo que a luta não pôde ser vista pela menina apenas por causa de um grupo de faias e uma leve depressão no chão.

Agora isso, ao menos para o entendimento do atual escritor, remove o assassinato do reino dos crimes absolutamente arbitrários. Podemos imagina que Griffin tinha pegado a barra como uma arma, certamente, mas sem nenhuma intenção deliberada de usá-la para assassinato. Wicksteed pode, portanto, ter passado e percebido aquela barra movendo-se inexplicavelmente pelo ar. Sem pensar no Homem Invisível — pois Port Burdock fica a mais de quinze quilômetros de distância — ele pode tê-la perseguido. É bastante concebível que ele pode não ter nem mesmo ouvido falar sobre o Homem Invisível. É possível imaginar, então, o Homem Invisível esgueirando-se — silenciosamente, para evitar que descobrissem sua presença na vizinhança, e Wicksteed, empolgado e curioso, perseguindo aquele objeto que se movia inexplicavelmente — e finalmente o atingindo.

Sem dúvida, o Homem Invisível poderia ter afastado aquele perseguidor de meia idade sob circunstâncias comuns, mas a posição em que o corpo de Wicksteed foi encontrado sugere que ele teve a má sorte de conduzir sua presa até um canto entre uma moita de urtigas e a pedreira. Para aqueles que apreciam a extraordinária irascibilidade do Homem Invisível, o resto do encontro será fácil de imaginar.

Mas isso é pura suposição. Os únicos fatos inegáveis — pois histórias de crianças são frequentemente duvidosas — são a descoberta do corpo de Wicksteed, condenado à morte, e de uma barra de ferro manchada de sangue e atirada entre as urtigas. O abandono da barra por Griffin sugere que, na empolgação emocional do negócio, o propósito pelo qual ele a tinha pegado — se é que ele tinha um propósito — foi abandonado. Ele era certamente um homem intensamente egoísta e insensível, mas a visão de sua vítima, sua primeira vítima, sangrenta e digna de pena aos seus pés, pode ter liberado alguma fonte de remorso por muito tempo confinada, destruindo por algum tempo qualquer esquema de ação que ele tivesse concebido.

Depois do assassinato do Sr. Wicksteed, parecia que ele tinha atravessado o interior em direção às colinas. Há uma história de uma voz ouvida durante o pôr-do-sol por alguns homens em um campo próximo a Fern Bottom. Ela estava se lamentando e rindo, soluçando e gemendo, e de vez em quando gritava. Devia ter sido esquisito de ouvir. Ela subiu pelo meio de um campo de trevos e morreu em direção às colinas.

Naquela tarde, o Homem Invisível deve ter ouvido algo sobre o uso rápido que Kemp fez de suas confidências. Ele deve ter encontrado casas trancadas e protegidas. Deve ter vagado pelas estações e trem e rondado pelas pousadas, e sem dúvida tinha lido as proclamações e percebido algo que parecia uma campanha contra ele. E conforme a noite avançada, os campos ficaram pontilhados aqui e ali com grupos de três ou quatro homens, e barulhentos com os ganidos dos cães. Aqueles caçadores tinham instruções particulares, em caso de um encontro, sobre o que deviam fazer para ajudar um ao outro. Mas ele evitou todos. Nós podemos entender algo sobre sua irritação, e não poderia ser outra além do fato de ele mesmo ter fornecido as informações que estavam sendo usadas tão impiedosamente contra ele. Naquele dia, pelo menos, ele perdeu a coragem. Por quase vinte e quatro horas, exceto quando ele atacou Wicksteed, ele foi um homem caçado. À noite, deve ter comido e dormido, pois na manhã seguinte ele tinha voltado a si, ativo, poderoso, irritado e maligno, preparado para sua última grande luta contra o mundo.

Capítulo 27
O Cerco na Casa de Kemp

Kemp leu uma carta estranha, escrita a lápis em uma folha de papel engordurada.

"Você foi surpreendentemente enérgico e esperto", aquela carta dizia, "embora eu não possa imaginar o que tem a ganhar com isso. Você está contra mim. Por um dia inteiro você me perseguiu. Você tentou me roubar uma noite de descanso. Mas eu arranjei comida apesar de você, eu dormi apesar de você, e o jogo está apenas começando. O jogo está apenas começando. Não há mais nada a fazer, a não ser começar o Terror. Isto anuncia o primeiro dia de Terror. Port Burdock não está mais sob o domínio da Rainha, diga a seu Coronel da Polícia e ao resto deles; está sob mim — o Terror! Este é o primeiro dia de uma nova era — a Era do Homem Invisível. Eu sou o Primeiro Homem

Invisível. Começar com o reinado será fácil. No primeiro dia, haverá uma execução como forma de exemplo — um homem chamado Kemp. A Morte começa hoje para ele. Ele pode se trancar, ele pode se esconder, colocar guardas à sua volta, colocar uma armadura se quiser — a Morte, a Morte oculta está vindo. Que ele tome suas precauções, isso vai impressionar os meus súditos. A Morte começa no marco postal ao meio dia. A carta vai cair assim que o carteiro chegar e, então, fora! O jogo começa. A Morte começa. Não o ajudem, meus súditos, para que a Morte não recaia sobre vocês também. Hoje Kemp morre."

Kemp leu a carta duas vezes, "Não é uma farsa", ele disse. "Essa é a voz dele! E ele está falando sério."

Ele virou a folha dobrada e viu que o outro lado estava endereçado o carimbo postal de Hintondean, além do detalhe prosaico "20 centavos a pagar".

Ele levantou-se lentamente, deixando seu almoço por terminar — a carta tinha chegado pelo correio da uma hora — e foi para sua sala de estudo. Ele chamou sua governanta e disse a ela para dar a volta na casa imediatamente, examinar todos os fechos das janelas e fechar todas as persianas. Ele mesmo fechou as persianas de sua sala de estudo. De uma gaveta trancada em seu quarto, ele tirou um pequeno revólver, examinou-o cuidadosamente e o colocou no bolso de seu casaco. Ele escreveu diversos recados breves, um para o Coronel Adye, entregou-os à sua criada para levá-los, com instruções explícitas sobre o modo de sair da casa. "Não há perigo", ele disse e adicionou uma reflexão posterior, "para você". Ele permaneceu pensativo por um tempo depois de fazer aquilo, e depois retornou ao seu almoço frio.

Ele comeu entre lacunas de pensamento. Finalmente, bateu na mesa com força. "Nós vamos pegá-lo!", ele disse. "E eu sou a isca. Ele irá longe demais."

Ele subiu até o terraço, fechando cuidadosamente todas as portas atrás de si. "É um jogo", ele disse, "um jogo estranho... Mas a sorte está comigo, Sr. Griffin, apesar da sua invisibilidade. Griffin contra o mundo... com uma vingança."

Ele ficou na janela, encarando a colina sob o calor. "Ele precisa arranjar comida todos os dias... E eu não o invejo. Ele realmente dormiu na noite passada? Ao relento em algum lugar... A salvo de embates. Eu gostaria que pudéssemos ter um bom tempo frio ao invés desse calor.

"Ele deve estar me observando agora."

Ele foi até perto da janela. Algo bateu astutamente contra a alvenaria acima da janela e o fez pular violentamente para trás.

"Estou ficando nervoso", disse Kemp. Mas cinco minutos depois ele foi até a janela novamente. "Deve ter sido um pardal", ele disse.

Naquele instante, ele ouviu a campainha da porta da frente tocando e correu para baixo. Ele abriu os ferrolhos e destrancou a porta, examinou a corrente, prendeu-a e abriu cuidadosamente sem se mostrar. Uma voz familiar o saudou. Era Adye.

"Sua criada foi atacada, Kemp", ele disse através da porta.

"O quê!", exclamou Kemp.

"Arrancaram aquele seu bilhete dela. Ele deve estar perto daqui. Deixe-me entrar."

Kemp soltou a corrente e Adye entrou através da mais estreita abertura possível. Ele ficou no corredor, observando Kemp fechar a porta novamente com um alívio imenso. "O bilhete foi arrancado da mão dela. Ela ficou terrivelmente assustada. Está na estação. Histérica. Ele está perto daqui. Sobre o que era?"

Kemp praguejou.

"Que tolo eu fui", disse Kemp. "Eu deveria saber. Não fica nem a uma hora de caminhada de Hintondean. Mas já?"

"O que aconteceu?", disse Adye.

"Olhe aqui!", disse Kemp, e guiou o caminho até sua sala de estudo. Ele entregou a Adye a carta do Homem Invisível. Adye a leu e assoviou suavemente. "E você...?", disse Adye.

"Propus uma cilada... Como um tolo", disse Kemp, "e enviei minha proposta por meio de uma criada. Para ele."

Adye acompanhou as pragas de Kemp.

"Ele vai sair do caminho", disse Adye.

"Não vai", disse Kemp.

Um estrondo de vidro estilhaçando veio do andar de cima. Adye teve um breve vislumbre de metade de um revólver para fora do bolso de Kemp. "É uma janela, lá em cima!", disse Kemp, e guiou o caminho para cima. Um segundo estrondo foi ouvido enquanto eles ainda estavam na escadaria. Quando alcançaram a sala de estudos, encontraram duas das três janelas destruídas, metade da sala coberta por estilhaços de vidro e uma grande pedra em cima da escrivaninha. Kemp praguejou novamente e, enquanto o fazia, a terceira janela estalou como uma pistola, permaneceu rachada por um momento e desfez-se em triângulos pontiagudos e trêmulos pela sala.

"Para que tudo isso?", disse Adye.

"É um começo", disse Kemp.

"Não tem jeito de escalar até aqui?"

"Nem se fosse um gato", disse Kemp.

"Nenhuma persiana?"

"Não aqui. Todos os quartos lá embaixo... Opa!"

Outro estrondo e depois uma pancada de tábuas sendo atingidas com força veio do andar de baixo. "Maldição!", disse Kemp. "Deve ser... Sim, é um dos quartos. Ele vai fazer isso com a casa inteira. Mas ele é um tolo. As persianas estão fechadas e o vidro vai cair lá fora. Ele vai cortar os pés."

Outra janela proclamou sua destruição. Os dois homens ficaram no patamar, perplexos. "Já sei!", disse Adye. "Me arranje um pedaço de pau ou alguma coisa e eu vou descer até a estação e pedir para soltarem os cães. Isso vai acalmá-lo! Eles estão por perto. Nem dez minutos..." Outra janela foi pelo mesmo caminho de suas companheiras.

"Você não tem um revólver?", perguntou Adye.

A mão de Kemp foi até seu bolso. Então, ele hesitou. "Eu não tenho um... Pelo menos não sobrando."

"Vou trazê-lo de volta", disse Adye, "você ficará salvo aqui."

Kemp, envergonhado de seu lapso de desonestidade, entregou a arma.

"Agora para a porta", disse Adye.

Enquanto estavam hesitantes no corredor, eles ouviram uma das janelas do primeiro andar rachar e quebrar. Kemp foi até a porta e começou a abrir os ferrolhos o mais silenciosamente possível. Seu rosto ficou um pouco mais pálido que o normal. "Você deve sair de uma vez", disse Kemp. No instante seguinte, Adye estava na soleira da porta e os ferrolhos estavam sendo fechados novamente. Ele hesitou por um momento, sentindo-se mais confortável com as costas contra a porta. Depois, marchou, direta e rigidamente, pelos degraus. Ele atravessou o gramado e se aproximou do portão. Uma pequena brisa pareceu soprar sobre a grama. Algo se moveu perto dele. "Pare um minuto", disse a voz. Adye parou subitamente e sua mão apertou o revólver.

"Bem?", disse Adye, pálido e sombrio, todos os nervos tensos.

"Faça-me o favor de voltar para casa", disse a voz, tão tensa e sombria quanto a de Adye.

"Perdão", disse Adye, um pouco rouco, e umedeceu os lábios com a língua. A voz estava à sua esquerda, ele pensou. E se ele tentasse a sorte com um tiro?"

"Para que você está saindo?", disse a voz. Houve um movimento rápido dos dois e um lampejo de luz vinha do bolso aberto de Adye.

Adye desistiu e pensou. "Onde eu vou", ele disse lentamente, "não é da sua conta". As palavras ainda estavam em seus lábios quando um braço surgiu em volta de seu pescoço, suas costas sentiram uma joelhada e ele estava sendo derrubado para trás. Ele arrastou-se desajeitadamente e atirou ridiculamente. No momento seguinte foi atingido na boca e o revólver foi arrancado de sua mão. Ele tentou em vão agarrar um membro evasivo, tentou lutar para se levantar e caiu para trás. "Maldição!", disse Adye. A voz riu. "Eu mataria você agora se não fosse o desperdício de uma bala", ela disse. Ele viu o revólver em pleno ar, a dois metros de distância, apontado para ele.

"Bem?", disse Adye, sentando-se.

"Levante-se", disse a voz.

Adye levantou-se.

"Atenção", disse a voz e depois agressivamente, "Não tente nenhum truque. Lembre-se de que posso ver sua cara e você não pode ver a minha. Você precisa voltar para a casa."

"Ele não vai me deixar entrar", disse Adye.

"É uma pena", disse o Homem Invisível. "Eu não tenho nenhuma rixa com você."

Adye umedeceu os lábios novamente. Ele olhou para longe do cilindro do revólver e viu o mar ao longe, muito azul e escuro sob o sol do meio dia, a suave colina verde, o penhasco branco, a imensidão da cidade e, de repente, soube que a vida era muito doce. Seus olhos voltaram para aquela coisinha de metal pendurada entre o céu e a terra, a alguns metros de distância. "O que eu devo fazer?", ele disse sombriamente.

"O que eu devo fazer?", perguntou o Homem Invisível. "Você vai conseguir ajuda. A única coisa que tem que fazer é voltar."

"Vou tentar. Se ele me deixar entrar, você promete não correr para a porta?"

"Eu não tenho nenhuma rixa com você", disse a voz.

Kemp tinha corrido para cima depois de deixar Adye sair e, agora, agachado entre o vidro quebrado e espiando cautelosamente sobre o parapeito da janela da sala de estudo, viu Adye negociando com o Oculto.

"Por que ele não atira?", sussurrou Kemp para si mesmo.

Então, o revólver se moveu um pouco e o brilho do sol reluziu nos olhos de Kemp. Ele protegeu os olhos e tentou ver a fonte da luz ofuscante.

"É claro!", ele disse.

Adye cedeu o revólver. "Prometa não correr para a porta", disse Adye. "Não force o jogo desse jeito quando está ganhando. Dê uma chance a ele."

"Você volte para a casa. Estou mandando categoricamente e não vou prometer nada."

A decisão de Adye parecia ter sido tomada de repente. Ele virou em direção à casa, andando lentamente com as mãos para trás. Kemp o assistiu, perplexo. O revólver desapareceu, brilhou visivelmente mais uma vez, desapareceu de novo, e ficou visível ao ser observado de perto, um pequeno objeto escuro seguindo Adye. Adye pulou para trás, deu a volta, agarrou aquele pequeno objeto, perdeu-o, jogou suas mãos para o alto e caiu para a frente, deixando uma pequena nuvem azul no ar. Kemp não ouviu o barulho do tiro. Adye contorceu-se, ergueu-se em um braço, caiu para a frente e ficou deitado.

Por um momento, Kemp permaneceu encarando a displicência calma da atitude de Adye. A tarde estava muito quente e calma, nada parecia estar se mexendo no mundo inteiro, a não ser algumas borboletas amarelas perseguindo umas às outras através do matagal entre a casa e o portão da estrada. Adye estava deitado no gramado perto do portão. As persianas de todas as casas abaixo da estrada da colina estavam fechadas, mas em uma pequena casa verde de veraneio estava uma figura branca, aparentemente um homem velho adormecido. Kemp examinou os arredores da casa, buscando o brilho do revólver, mas ele tinha desaparecido. Seus olhos voltaram para Adye. O jogo tinha começado bem.

Então, ouviu-se a campainha e batidas na porta da frente, que aumentaram até o nível de um tumulto, mas, de acordo com as instruções de Kemp, os criados tinham se trancado em seus quartos. Aquilo foi seguido por um silêncio. Kemp ficou sentado, escutando, e depois começou a espiar cuidadosamente para fora das três janelas, uma após a outra. Ele foi até a escada e ficou ouvindo desconfortavelmente. Ele armou-se com o atiçador do quarto e foi examinar os fechos de dentro das janelas do andar térreo mais uma vez. Tudo estava seguro e calmo. Ele retornou ao terraço. Adye estava deitado imóvel por cima da beira do cascalho, exatamente onde tinha caído. A criada e dois policiais estavam vindo da cidade pela estrada.

Tudo estava mortalmente silencioso. As três pessoas pareciam se aproximar muito lentamente. Ele se perguntou o que seu antagonista estaria fazendo.

Ele levou um susto. Ouviu uma pancada lá embaixo. Hesitou e desceu novamente. De repente, a casa ressoou com golpes pesados e madeira se partindo. Ele ouviu uma pancada e o estrondo dos fechos de ferro das janelas sendo destruídos. Ele virou a chave e abriu a porta da cozinha. Ao fazer aquilo, as persianas, destruídas, foram arremessadas para dentro. Ele ficou horrorizado. A armação da janela, exceto por uma barra, ainda estava intacta, mas apenas um pequeno pedaço de vidro permanecia na armação. As persianas tinham sido arrancadas com um machado, e agora o machado estava descendo em golpes devastadores sobre a armação e as barras de ferro que a protegiam. Então, de repente, foi para o lado e desapareceu. Ele viu o revólver largado no caminho lá fora e em seguida a pequena arma foi erguida no ar. Ele esquivou-se, indo para trás. O revólver errou por um triz e uma lasca da borda da porta voou sobre a cabeça dele. Ele bateu e trancou a porta e, enquanto estava em pé do lado de fora, ouviu Griffin gritando e rindo. Então, os golpes do machado, e sua consequente destruição, recomeçaram.

Kemp ficou no corredor, tentando pensar. Em um instante, o Homem Invisível estaria na cozinha. Aquela porta não o protegeria por muito tempo, e depois...A campainha soou na porta da frente novamente. Deveriam ser os policiais. Ele correu para a entrada, levantou a corrente e abriu os ferrolhos. Ele fez a garota falar antes de soltar a corrente e as três pessoas entraram amontoadas na casa. Kemp bateu a porta novamente.

"O Homem Invisível!", disse Kemp. "Ele tem um revólver, com duas balas sobrando. Ele matou Adye. Atirou nele, de qualquer forma. Vocês não o viram no gramado? Ele está deitado lá."

"Quem?", disse um dos policiais.

"Adye", disse Kemp.

"Nós viemos por trás", disse a garota.

"O que é esse barulho?", perguntou um dos policias.

"Ele está na cozinha... Ou vai estar. Ele encontrou um machado..." De repente, a casa ficou repleta dos golpes retumbantes do Homem Invisível na porta da cozinha. A garota olhou na direção da cozinha, estremeceu e recuou para a sala de jantar. Kemp tentou explicar em frases soltas. Eles ouviram a porta da cozinha ceder.

"Por aqui", disse Kemp, começando a agir e agrupando os policiais na entrada da sala de jantar.

"Atiçador", disse Kemp e correu até o guarda-fogo. Ele entregou o atiçador que estava carregando para o policial e o atiçador da sala de estar para o outro. De repente, ele atirou-se para trás.

"Opa!", disse um policial, esquivou-se e deteve o machado com seu atiçador. A pistola atirou sua penúltima bala e rasgou uma pintura valiosa. O segundo policial lançou seu atiçador na pequena arma, como se estivesse matando uma abelha, e ela caiu chacoalhando no chão.

Ao primeiro confronto, a garota gritou, continuou gritando por um momento perto da lareira e depois correu para a abrir as persianas — possivelmente com a ideia de escapar pela janela estilhaçada.

O machado recuou pelo corredor e caiu em uma posição a cerca de meio metro do chão. Eles podiam ouvir o Homem Invisível respirando. "Fiquem longe, vocês dois", ele disse. "Eu quero aquele homem, o Kemp."

"Nós queremos você", disse o primeiro policial, dando um passo rápido para a frente e acertando a voz com o seu atiçador. O Homem Invisível deve ter pulado para trás e tropeçou no porta guarda-chuva.

Então, enquanto o policial cambaleava por causa da força do golpe que tinha dado, o Homem Invisível o combateu com o machado, seu capacete foi amassado como um papel e o golpe arremessou o homem pelo chão até a escada da cozinha. Mas o segundo policial, mirando na parte de trás do machado com o seu atiçador, atingiu algo mole que se partiu. Houve uma exclamação aguda de dor e em seguida o machado caiu no chão. O policial bateu novamente no vazio e não atingiu nada. Ele colocou seu pé no machado e bateu de novo. Depois, ficou em pé, com o atiçador a postos, prestando atenção ao menor movimento.

Ele ouviu a janela da sala de jantar se abrindo e passos rápidos lá dentro. Seu companheiro rolou para cima e sentou-se, com sangue escorrendo entre seu olho e orelha. "Onde ele está?", perguntou o homem no chão.

"Não sei. Eu bati nele. Ele está em algum lugar no corredor. A menos que ele tenha passado por você. Doutor Kemp... Senhor."

Pausa.

"Doutor Kemp", chamou o policial mais uma vez.

O segundo policial começou a fazer esforço para levantar-se. Ele ficou em pé. De repente, um som vago de pés descalços pôde ser ouvido na escada da cozinha. "Ei!", exclamou o primeiro policial, e arremessou seu atiçador incontinentemente. Ele destruiu um pequeno suporte de metal.

Ele deu a impressão de que perseguiria o Homem Invisível no andar de baixo. Depois, pensou melhor e foi até a sala de jantar.

"Doutor Kemp...", ele começou, e parou subitamente.

"O Doutor Kemp é um herói", ele disse quando seu companheiro olhou por cima de seu ombro.

A janela da sala de jantar estava escancarada e nem a criada nem Kemp podiam ser vistos.

A opinião do segundo policial sobre Kemp foi concisa e vívida.

Capítulo 28
O Caçador Caçado

O Sr. Heelas, o vizinho mais próximo do Sr. Kemp entre os moradores da região, estava dormindo em sua casa de veraneio quando o cerco da casa de Kemp começou. O Sr. Heelas era uma das minorias resistentes que se recusavam a acreditar em "toda aquela bobagem" sobre um Homem Invisível. Sua esposa, entretanto, como ele seria lembrado mais tarde, acreditava. Ele insistiu em andar pelo jardim como se não houvesse nada com que se preocupar e foi dormir à tarde, de acordo com seu costume de anos. Ele dormiu durante a destruição das janelas, e depois acordou de repente com uma convicção curiosa de que algo estava errado. Ele olhou na direção da casa de Kemp, esfregou os olhos e olhou novamente. Então, colocou seus pés no chão e sentou-se para escutar. Ele disse que poderia ter jurado, mas ainda assim a coisa estranha era visível. A casa parecia ter estado deserta por semanas — depois de uma violenta rebelião. Todas as janelas estavam quebradas e todas as janelas, exceto as da sala de estudo do terraço, estavam com as persianas fechadas.

"Eu poderia ter jurado que estava tudo certo", ele olhou para o seu relógio, "vinte minutos atrás".

Ele tomou conhecimento de uma pancada considerável e de vidro estilhaçando ao longe. E depois, enquanto estava sentado boquiaberto, aconteceu uma coisa ainda mais surpreendente. As persianas da janela da sala foram escancaradas violentamente, e a criada, usando seu chapéu e roupas de sair, apareceu lutando de uma maneira frenética para abrir a janela. De repente, um homem apareceu ao lado dela, ajudando-a — o Dr. Kemp! Em um instante, a janela foi aberta e a criada estava lutando para sair. Ela pulou para fora e desapareceu entre os arbustos. O Sr. Heelas levantou-se, exclamando vaga e veementemente por causa de todas aquelas coisas surpreendentes. Ele viu Kemp parar no parapeito, saltar da janela, reaparecer quase instantaneamente correndo por um caminho no matagal, abaixando-se enquanto corria, como um homem em fuga. Ele desapareceu atrás de uma árvore e apareceu novamente, escalando uma cerca encostada na colina. Em um segundo, ele tinha caído para o outro lado e estava correndo com uma pressa tremenda pela encosta abaixo em direção ao Sr. Heelas.

"Senhor!", exclamou Heelas, quando uma ideia lhe ocorreu: "É aquele monstro, aquele Homem Invisível! É verdade, afinal!"

Com o Sr. Heelas, pensar coisas assim significava agir, e seu cozinheiro, ao observá-lo da janela de cima, ficou surpreso por vê-lo correndo em direção à casa, a uns bons quinze quilômetros por hora. Ouviu-se uma batida da porta, uma campainha tocando e a voz do Sr. Heelas berrando como um touro.

"Feche as portas, feche as janelas, feche tudo! O Homem Invisível está vindo!"

Imediatamente, a casa ficou cheia de gritos, recomendações e pés correndo. Ele mesmo correu para fechar as janelas da varanda. Ao fazer aquilo, a cabeça, os ombros e um joelho de Kemp apareceram por cima da cerca do jardim. No momento seguinte, Kemp tinha se arremessado sobre os aspargos e estava correndo pela quadra de tênis até a casa.

"Você não pode entrar", disse o Sr. Heelas, fechando os ferrolhos. "Sinto muito se ele está atrás de você, mas você não pode entrar!"

Kemp apareceu com um rosto aterrorizado perto da vidraça, batendo e depois balançando a janela freneticamente. Então, vendo que seus esforços eram em vão, ele correu pela varanda, saltou por cima dela e foi bater com mais força ainda na porta lateral. Depois, correu em volta do portão lateral até a frente da casa e dali para a estrada da colina. E o Sr. Heelas, observando de sua janela — com uma expressão de horror — mal tinha visto Kemp desaparecer, antes que os aspargos fossem pisoteados aqui e ali por pés ocultos. Assim, o Sr. Heelas fugiu precipitadamente para cima e o resto da perseguição ficou fora de seu alcance. Mas ao passar pela janela da escadaria, ele ouviu o portão lateral bater.

Aparecendo na estrada da colina, Kemp naturalmente tomou o caminho para baixo e, daquela forma, ele próprio acabou na mesma corrida que tinha observado com olhos tão críticos de sua sala de estudo, apenas quatro dias antes. Ele correu bem, para um homem sem treinamento, e, embora seu rosto estivesse pálido e suado, seu juízo estava intacto. Ele correu com passadas largas e, onde quer que um pedaço de chão desnivelado atrapalhasse, onde quer que surgissem pedras brutas no caminho, ou um pouco de vidro quebrado brilhasse ofuscante, ele atravessava e deixava os pés descalços invisíveis que o seguiam tomar a direção que quisessem.

Pela primeira vez em sua vida, Kemp descobriu que a estrada da colina era indescritivelmente vasta e desolada, e que o início da cidade lá embaixo, no pé da colina, era estranhamente remoto. Nunca antes houve um método mais lento ou mais dolorido de progredir do que correndo. Todas as casas desoladas, dormindo sob o sol da tarde, pareciam trancadas e vedadas; sem dúvidas elas estavam trancadas e vedadas — por suas próprias ordens. Mas ainda assim deviam ter deixado um vigia para uma eventualidade como aquela! A cidade estava se erguendo, o mar tinha ficado fora de vista atrás dela e as pessoas lá embaixo estavam agitadas. Um bonde estava chegando ao pé da colina. Mais adiante estava a delegacia. Eram passos que ele estava ouvindo atrás de si? Mais um impulso.

As pessoas abaixo estavam olhando para ele, um ou dois estavam correndo, e sua respiração estava começando a falhar em sua garganta. O bonde estava bem próximo agora e o Jolly Cricketers estava trancando suas portas ruidosamente. Atrás do bonde, havia postes e pilhas de cascalho — as obras de drenagem. Ele teve a ideia passageira de pular no bonde e fechar a porta, e depois resolveu ir até a delegacia. Em um instante, ele tinha passado pela porta do Jolly Cricketers e estava no fim escaldante da rua, com seres humanos a seu redor. O motorista do bonde e seu ajudante — entretidos pela visão de sua pressa furiosa — ficaram olhando com os cavalos que puxavam o bonde desatrelados. Mais adiante, as expressões boquiabertas dos operários apareceram por cima dos montes de cascalho.

Seu passo cedeu um pouco e, então, ele ouviu os passos rápidos de seu perseguidor e pulou para a frente novamente. "O Homem Invisível!", ele exclamou para os operários, com um gesto vago indicativo e, com uma inspiração, pulou a escavação, deixando um grupo corpulento entre ele e o perseguidor. Abandonando a ideia da delegacia, ele virou em uma ruazinha lateral, correu por um carrinho de verduras, hesitou por um décimo de segundo na porta de uma loja de doces e depois foi para a boca de um beco que corria de volta para a rua principal, a cerca de trezentos metros do fim da linha do bonde. Imediatamente, ele tomou conhecimento de uma tumultuosa gritaria e pessoas correndo.

Ele olhou para cima da rua, em direção à colina. A nem dez metros de distância, corria um operário imenso, praguejando aos poucos e dando golpes com uma enxada, e, atrás dele, vinha o condutor do bonde com seus punhos cerrados. Rua cima, outros seguiam aqueles dois, atacando e gritando. Abaixo, em direção à cidade, homens e mulheres estavam correndo, e ele notou claramente um homem saindo de uma loja com um pedaço de pau na mão.

"Espalhem-se! Espalhem-se!", gritou alguém.

Kemp, de repente, compreendeu a situação alterada da perseguição. Ele parou e olhou ao redor, ofegante.

"Ele está perto daqui!", exclamou. "Formem uma fileira pela..."

Kemp foi atingido com força embaixo da orelha e cambaleou, tentando olhar na direção de seu antagonista oculto. Ele apenas conseguiu continuar em pé e golpeou o ar em vão para se defender. Então, foi atingido de novo embaixo do maxilar e estatelou-se de cabeça no chão. No instante seguinte, um joelho comprimiu seu diafragma e um par de mãos ansiosas apertou sua garganta, mas o aperto de uma mão era mais fraco que o da outra. Ele agarrou os pulsos, ouviu um choro de dor de seu agressor e depois a enxada do operário veio rodopiando pelo ar acima dele e atingiu algo com um baque surdo. Ele sentiu uma gota caindo em seu rosto. O aperto em sua garganta relaxou de repente e, com um esforço compulsivo, Kemp soltou-se, empurrou um ombro flácido e rolou para cima. Ele segurou os cotovelos invisíveis perto do chão.

"Peguei ele!", gritou Kemp. "Ajudem! Ajudem! Segurem! Ele caiu! Segurem os pés!"

Em um instante, houve uma correria simultânea para fazer aquele esforço, e um estranho vindo pela estrada poderia ter pensado que um jogo de rugby excepcionalmente selvagem estava acontecendo. Não houve gritaria depois da exclamação de Kemp — apenas um som de pancadas, pés e respirações ofegantes.

Depois de um esforço colossal, o Homem Invisível arremessou algum de seus antagonistas e ergueu-se sobre os joelhos. Kemp o agarrou pela frente, como se fosse um cão de caça com um cervo, e uma dúzia de mãos agarraram, apertaram e rasgaram o Oculto. O condutor do bonde subitamente pegou seu pescoço e seus ombros e o arrastou para trás.

Abaixo foi a pilha de homens em luta, que rolaram para trás. Houve, receio dizer, alguns chutes selvagens. Depois, um grito louco e súbito, "Misericórdia! Misericórdia!", que morreu rapidamente, transformando-se no som de alguém sufocando.

"Afastem-se, seus tolos!", exclamou a voz abafada de Kemp, e figuras robustas foram vigorosamente empurradas para trás. "Ele está machucado, estou dizendo. Afastem-se!"

Houve uma breve luta para liberar o espaço e depois um círculo de rostos ansiosos viram o doutor ajoelhar-se, ao que parecia, a uns trinta centímetros no ar, segurando braços invisíveis no chão. Atrás dele um policial agarrou tornozelos invisíveis.

"Não solte", exclamou um grande operário, segurando uma enxada manchada de sangue, "ele está fingindo."

"Ele não está fingindo", disse o doutor, cuidadosamente, levantando o joelho, "e eu vou segurá-lo". Seu rosto estava machucado e ficando vermelho. Ele estava falando com dificuldade por causa do lábio que sangrava. Soltou uma mão e pareceu estar tateando o rosto. "A boca está toda molhada", ele disse. E depois, "Meu Deus!"

Ele parou abruptamente e ajoelhou-se no chão ao lado da coisa invisível. Houve um empurra-empurra, um som de passos pesados conforme gente nova aparecia para aumentar a pressão da multidão. As pessoas agora estavam saindo das casas. As portas do Jolly Cricketers foram subitamente escancaradas. Muito pouco foi dito.

Kemp tentou tocá-lo, sua mão parecia estar passando pelo ar vazio. "Ele não está respirando", ele disse e em seguida, "Não estou sentindo o coração dele. O lado... ai!"

De repente, uma velha, espiando embaixo do braço do operário enorme, gritou agudamente. "Olhem lá!", ela disse, apontando com um dedo enrugado.

E olhando para onde ela apontava, todos viram, tênue e transparente como se fosse feito de vidro, de tal forma que veias, artérias, ossos e nervosos pudessem ser distinguidos, o contorno de uma mão, uma mão frouxa e largada. Ela ficou nebulosa e opaca enquanto eles assistiam.

"Cruzes!", exclamou o policial. "Lá está o pé dele aparecendo!"

E assim, lentamente, começando pelas mãos e pés e subindo pelos membros até os centros vitais do corpo, a estranha mudança continuou. Era como um veneno espalhando-se lentamente. Primeiro, vieram os pequenos nervos brancos, um esboço turvo e acinzentado de um membro, depois os ossos cristalinos e as intrincadas artérias, depois a carne e a pele. Inicialmente, com uma vaga nebulosidade, depois ficando rapidamente densa e opaca. Naquele instante, puderam ver seu peito esmagado, seus ombros, e o vago contorno de suas feições exaustas e maltratadas.

Quando, finalmente, a multidão cedeu espaço para que Kemp ficasse em pé, lá estava, nu e digno de pena no chão, o corpo machucado e quebrado de um jovem homem de cerca de trinta anos. Seu cabelo e rosto eram brancos — não cinzentos pela idade, mas brancos com a brancura do albinismo — e seus olhos eram como pedras de granada. Suas mãos estavam apertadas, seus olhos arregalados e sua expressão era de ódio e desespero.

"Cubram o rosto dele!", disse um homem. "Pelo amor de Deus, cubram esse rosto!", e três criancinhas, empurrando para chegar à frente da multidão, foram rapidamente levadas para longe e carregadas de volta.

Alguém trouxe um lençol do Jolly Cricketers, e depois de cobri-lo, eles o carregaram para dentro da casa. E lá estava, em uma cama esfarrapada de um quarto vulgar e mal iluminado, cercado por uma multidão de pessoas ignorantes e empolgadas, quebrado e ferido, traído e sem compaixão, aquele Griffin, o primeiro de todos os homens a se tornar invisível, Griffin, o físico mais talentoso que o mundo já tinha visto, terminou em um desastre infinito sua estranha e terrível carreira.

Epílogo

Assim termina a história dos estranhos e terríveis experimentos do Homem Invisível. E se você quiser saber mais sobre ele, deve ir até uma pequena pousada perto de Port Stowe e falar com o proprietário. A placa da pousada é uma tábua vazia, exceto por um chapéu e botas, e seu nome é o título desta história. O proprietário é um homenzinho baixo e corpulento com um nariz de proporções cilíndricas, cabelo ralo e uma esporádica rosácea no rosto. Beba generosamente e ele lhe contará generosamente todas as coisas que aconteceram a ele depois daquela época, e sobre como os advogados tentaram privá-lo do tesouro que tinha encontrado.

"Quando eles descobriram que não podiam provar de quem era o dinheiro, posso jurar", ele disse, "que me trataram como se eu fosse uma arca do tesouro. Eu pareço uma arca do tesouro? E então aquele cavalheiro me deu um guinéu por noite para lhe contar a história no Empire Music Hall... Apenas para contá-la com as minhas próprias palavras, inédita."

E se quiser cortar o fluxo de suas lembranças abruptamente, você sempre pode fazer isso perguntando se não havia três livros manuscritos na história. Ele vai admitir que sim e começar a explicar, afirmando que todos pensam que ele está com os livros! Mas, ele jura que não está! "O Homem Invisível foi quem pegou e escondeu quando eu fugi para Port Stowe. É aquele Sr. Kemp que coloca na cabeça das pessoas a ideia de que eu estou com eles."

E depois ele vai cair em um estado pensativo, observá-lo furtivamente, remexer nos copos nervosamente e logo em seguida sair do bar.

Ele é um homem solteiro — seus gostos sempre foram os de um homem solteiro, e não há mulheres na casa. Exteriormente, ele veste-se bem — é o que se espera dele — mas em sua privacidade mais vital, na questão dos suspensórios, por exemplo, ele ainda recorre a barbantes. Ele conduz sua casa sem empreendedorismo, mas com um decoro eminente. Seus movimentos são lentos e ele é um grande pensador. Mas ele tem uma reputação de sabedoria e parcimônia respeitável na vila, e seu conhecimento sobre as estradas do sul da Inglaterra ganharia de Cobbett.

E nas manhãs de domingo, todas as manhãs de domingo, durante o ano inteiro, enquanto está isolado do mundo exterior, e todas as noites depois das dez, ele vai até o salão de seu bar, segurando um copo de gim levemente misturado com água, e, depois de colocá-lo a seu lado, ele tranca a porta e examina as cortinas, olhando até mesmo embaixo da mesa. Então, estando satisfeito com a sua solidão, ele destranca o armário, uma caixa no armário e uma gaveta naquela caixa. Faz surgir três volumes encapados em couro marrom e os coloca solenemente no meio da mesa. O couro das capas está gasto e desbotado, com um tom esverdeado — pois uma vez os livros ficaram guardados em uma vala e algumas das páginas ficaram encharcadas de água suja. O proprietário senta-se em uma poltrona, enche um longo charuto de argila lentamente — vangloriando-se dos livros, por um momento. Depois, ele puxa um para perto de si e o abre, começando a estudá-lo — virando as páginas para frente e para trás.

Suas sobrancelhas estão franzidas e seus lábios movem-se dolorosamente. "Maldição, dois para cima, uma cruz e uns borrões. Senhor! Que espécie de intelectual era aquele!"

Naquele instante, ele relaxa e inclina-se para trás, piscando através da fumaça da sala para as coisas invisíveis a outros olhos. "Cheio de segredos", ele diz, "segredos maravilhosos!"

"Assim que eu der um jeito de entendê-los... Senhor!"

"Eu não faria o que ele fez. Eu faria... bem!", disse ao apertar o cachimbo.

Assim, ele mergulha em um sonho, o eterno e maravilhoso sonho de sua vida. E embora Kemp tenha buscado incessantemente, nenhum ser humano, além do proprietário, sabe que aqueles livros estão ali, com o segredo sutil da invisibilidade e uma dúzia de outros estranhos segredos dentro deles. E ninguém mais saberá até ele morrer.

FIM